소설
다세포 소녀

HE WISHES FOR
THE CLOTHS O F HEAVEN

Had I the heaven's embroidered cloths,
Enwrought with golden and silver light,
The blue and the dim and the dark cloths
Of night and light and the half-light,
I would spread the cloths under your feet:
But I, being poor, have only my dreams;
I have spread my dreams under your feet;
Tread softly because you tread on my dreams.

William Butler Yeats

소설
다세포 소녀

- 초판 1쇄 찍은 날 | 2006년 8월 5일
- 초판 1쇄 펴낸 날 | 2006년 8월 10일

- 지은이 | 초우
- 펴낸이 | 서경석
- 편집장 | 오태철
- 편집 | 김민정

- 펴낸곳 | 도서출판 청어람
- 등록번호 | 제1081-1-89호
- 등록일자 | 1999. 5. 31

- 주소 | 경기도 부천시 원미구 심곡1동 350-1 남성B/D
- 전화 | 032-656-4452 팩스 | 032-656-4453

http://www.chungeoram.com

ISBN 89-251-0255-2   03810

다세포 소녀
DASEPO GIRL

다세포 소녀

아직 끝나지 않은 '권왕무적' 과 '녹림투왕' 그리고 '호위무사' 의 중국
진출로 인해 바쁜 상황에서 '다세포 소녀' 를 작업하게 돼 부담이 있었
다. 그러나 '다세포 소녀' 의 원본 만화를 보고 가난을 등에 업은 소녀가
마음에 들어 글을 쓰기 시작했다.

소설 '다세포 소녀' 는 또 하나의 이야기다. 만화나 영화와는 다른
또 하나의 이야기. 캐릭터를 재해석, 재활용(?)하였으며 내용도 만화에
서 일부를 가져와 나의 이야기로 풀었다.

이미 만화와 영화를 보신 분들이라면 알 수 있을 것이다. 내 의도가 얼마나 성공하였는지는 나도 모른다. 평가는 보시는 분들의 몫으로 남기겠다.

끝으로 휴가조차 가지 못하고 남아서 고생한 편집부 오태철 실장님과 김민정 씨에게 감사드린다.

2006년 무더운 여름날
초우

|차 례|

1. 가난을 등에 업은 소녀

　높은 곳에서 내려다보는 학교 운동장은 넓고 혼탁했다. 수백 명이나 되는 학생들이 물결처럼 흘러들어 오고 있었지만, 그들에겐 어떤 특징도 없었다. 그러나 그들의 표정은 지금 학교 옥상 꼭대기에 서 있는 자신처럼 어둡지는 않을 것이다.

　주르륵.

　콧등으로 눈물이 흘러내린다.

　하얗게 바랜 흰 옷자락과 짧은 교복 치마 사이로 꼿꼿하게 내려간 긴 두 다리는 그녀의 하얀 얼굴과 잘 어울렸다.

부스스하고 여윈 얼굴만 아니라면 참으로 귀엽고 예쁜 여학생이었다. 그러나 그녀의 풋풋한 아름다움은 그녀의 등에 업힌 가난 앞에서 초라하게 시들어 있었다. 마치 운명처럼 가난을 등에 업고 있는 소녀의 모습은 그녀의 눈빛처럼 애처롭다.

'저 많은 사람들 중에 나처럼 불행한 사람은 없을 거야. 이렇게 살 바엔 차라리 죽는 것이 나을지도 몰라.'

문득 자신을 비웃듯이 쳐다보던 반 친구의 모습이 떠올랐다.

"넌 또 점심을 안 먹니?"

"다이어트 중이야. 나처럼 조금 먹어야 이렇게 날씬해진다고."

당당하게 대답했지만, 순간 친구의 얼굴에 떠오른 웃음. 그 안에 숨은 싸늘함에 가슴이 저렸다.

'내가 가난해서 밥을 싸 오지 못한 것을 안 거야. 그래서 나를 비웃은 거야.'

어제 하루 종일 그것이 그녀의 가슴을 아리게 했다.

더 이상 친구들 얼굴을 볼 용기가 나지 않았다.

'오늘은 학교에 오고 싶지 않았어.'

정말 그랬다. 그리고 항상 지나치던 편의점 앞을 지나다가, 자신도 모르게 안으로 들어갔다. 물론 그녀의 주머니에는 동전

한 푼 없었다. 그러나 편의점을 나올 때 그녀의 품에는 빵과 우유가 숨겨져 있었다.

언제나 아침이면 그 자리를 지키고 있던 주인아저씨가 그녀의 눈앞에 어른거렸지만, 뒤도 돌아보지 않고 학교로 내달렸다. 사납기로 소문난 편의점 주인아저씨에게 들킬까 봐 가슴이 쿵쾅거렸지만, 그녀는 정말 일생에서 가장 큰 용기를 내어 끝까지 침착해지려고 노력했다.

첫 도둑질은 그렇게 성공리에 끝이 났다.

윤희는 자신의 손을 내려다보았다. 그녀의 희고 작은 손에는 빵과 우유가 하나씩 들려 있었다.

자괴감.

"태어나서 처음으로 도둑질을 했다. 하늘에서 아버지가 내려다보고 계실 텐데. 내가 이렇게 살아서 무엇 하나. 이렇게 살 바엔 차라리 아버지 곁으로 가고 싶다."

아래를 내려다보았다.

높다.

시원한 바람이 그녀의 머리를 휘날린다.

교실에서 소곤거리며 자신을 흉보는 친구들 모습이 보이는 것만 같았다.

'가난뱅이.'

‘도둑년.’

‘뭐, 다이어트 중이라고? 여우 같은 년.’

생각만 해도 몸서리가 쳐졌다.

‘여기서 뛰어내리면 잠깐이라도 하늘을 나는 기분이겠지. 그렇게 죽어가면 잠시라도 행복할 거야. 그래, 이렇게 사느니 차라리 죽자. 그러면 내 등에서 떨어지지 않는 이 가난도 저절로 떨어질 거야.’

윤희는 옥상 난간으로 올라가 천천히 눈을 감고 앞으로 뛰어내리려 하였다. 이상할 정도로 마음이 차분해졌다. 그녀의 몸이 막 앞으로 쏠리려 할 때였다.

“자, 잠깐……. 잠깐만.”

갑자기 안타까운 남자의 목소리가 들려오자 윤희는 동작을 멈추고 뒤를 돌아보았다.

지저분하게 머리를 기른 중년 남자가 카메라를 들고 그녀를 지켜보며 서 있었다. 중년 남자는 몹시 초조하고 안타까운 표정이었다.

그는 윤희가 익히 아는 선생님이었다. 인격적으로 존경할 수 없는 선생님이었고, 이미 여학생들 사이에서는 변태로 유명한 왕따 선생님이었다. 소문에 의하면 몰래 훔친 여학생의 속옷만 해도 수천 장에 달하고, 여학생들 모습을 몰래 도촬한 것만 해도 수백 장에 달한다고 알려졌다.

"서, 선생님."

"자, 자네, 지금 뭐 하고 있는 것인가?"

진지한 표정의 선생님 얼굴을 보며 윤희는 더욱 결심을 굳히고는 말했다.

"뭘 하든 선생님은 참견하지 마세요."

선생님은 마른침을 꿀꺽 삼키고 말했다.

"혹시 죽으려던 것이라면, 내 소원 좀 들어주고 죽을 수 없을까?"

윤희는 선생님을 바라보았다.

"그러니까, 내 평생소원이 있는데 말이야. 흐흐. 이왕 죽을 거면 하의를 벗고 뛰어내리면 안 될까? 캬, 생각해 봐. 아름다운 여학생이 상의만 걸친 채 뛰어내리는 모습을 촬영한다면, 그야말로 대박 아니겠어? 아니, 평생 잊지 못할 추억이 될 거야. 이왕 죽을 거, 좋은 일 하는 셈치고, 어때?"

윤희 얼굴이 하얗게 질려갔다.

"이, 이……."

"뭐, 어차피 죽을 거 아닌가? 죽는 마당에 선생님 소원 하나 들어줄 수 있잖아."

선생님 얼굴에 떠오른 미묘한 웃음을 보고 윤희는 울컥하는 가슴을 겨우 달래며 말했다.

"흥. 변태 같은 자식. 저러고도 선생이라고. 내 저런 선생 얼굴 보기 싫어서라도……."

윤희가 말끝을 흐리며 다시 돌아서자, 김인구 선생은 손에 든 카메라를 들어 올리며 아쉬움 깃든 목소리로 말했다.

"흐흠. 뭐, 그렇게 반발한다면 할 수 없지. 그럼 빨리 뛰어내리게나. 흐흐, 그냥 위에서 내려 찍지, 뭐. 아쉽지만 그것도 대단하지."

윤희가 의아한 표정으로 변태 선생님을 다시 한 번 돌아보았다. 선생님의 말에 무엇인가 불안함을 느꼈기 때문이다.

김인구 선생은 너저분한 머리카락을 쓸어 올리며 말했다.

"사람은 머리가 무거워서 뛰어내리면 거꾸로 떨어지게 마련이지. 그리고 짧은 치마를 입고 있으니 네가 뛰어내리는 순간, 위에서 내려 찍으면……. 캬. 더군다나 내 카메라는 극상의 줌에다가 움직이는 물체를 쫓아가며 포커스를 자동으로 맞추는 기능까지 겸비하고 있거든. 그러니 네가 뛰어내리면……. 으흐흐. 꿀꺽."

윤희는 몸을 부들부들 떨었다.

"이, 이…… 왕변 같으니."

너무 화가 나서 혀도 짧게 돌아갔다.

“아, 그리고 손에 들고 있는 빵과 우유는 그냥 두고 뛰어내리게. 내가 대신…… 흐흐, 소녀의 치마 속을 들여다보고 마시는 우유 맛이 궁금…….”

찰싹.

갑자기 경쾌한 소리가 나면서 변태 선생의 머리가 확 돌아갔다. 윤희가 달려와서 그의 뺨을 때린 것이다.

“너 같은 놈에게 내 속옷을 보이느니 차라리 살고 만다.”

씩씩거리며 윤희는 바닥에 떨어져 있는 빵 봉지를 집어 들고 옥상에서 내려가 버렸다.

변태 선생은 멍하니 윤희의 뒷모습을 보다 입가에 가는 미소를 머금고 자신의 카메라를 내려다보았다. 그의 손에 들린 카메라는 기계식 수동 카메라였다.

“죽을 용기도 보통으론 힘들지. 그 용기라면 아무리 어려운 세상이라도 살 수 있지 않을까?”

계단을 내려오는 윤희는 얼굴을 붉힌 채 씩씩거리고 있었다. 다시 생각해 보아도 아찔했다.

‘5일째 갈아입지 않은 속옷을 보일 수는 없지. 죽더라도 초라하고 자존심 상하게 죽을 수는 없어.’

그녀가 게을러서가 아니다.

다만 갈아입을 속옷이 없었던 것이다.

아무리 가난해도 그녀는 여자인 것을.

독한 년

점심시간, 친구 옥희는 윤희를 빤히 바라보고 있었다. 윤희는 그녀의 눈초리가 무엇을 말하는지 잘 알고 있었다.

'점심시간인데, 넌 당연히 다이어트를 핑계로 굶겠지. 가난한 년이 자존심 때문에 배고픔을 억지로 참고 빈티 안 내려 하다니. 그렇다고 내가 모를 줄 아냐?'

분명히 이렇게 말하고 있을 것이다.

생각만 해도 분했다.

그녀의 비웃음이 그랬고, 그녀의 비웃음에 반박할 말이 없다는 것이 그녀를 분하게 만들었다.

'가난은 죄가 아니다. 그저 불편할 뿐이다.'

누군가 그렇게 말했다. 그러나 윤희는 그것을 믿지 않았다.

가난은 분명히 죄다. 그리고 비참하다.

윤희는 입술을 꼭 물고 빵 봉지를 꺼내 들었다. 그리고 우유병을 꺼내 뚜껑을 열었다.

옥희가 조금 놀라며 윤희를 보았다.

우유병을 들고 겨우 한 모금 마시던 윤희는 갑자기 우유병을 내렸다. 마른침을 삼키며 자신을 보고 있는 동생 윤석의 모습이 눈앞에 아른거렸던 것이다.

'아침도 제대로 못 먹고, 점심도 못 먹고 있을 텐데.'

윤희는 우유병과 아직 뜯지도 못한 빵 봉지를 들고 교실 밖으로 뛰어나갔다. 그녀의 뱃속에서 꼬르륵거리는 소리가 발자국 소리에 묻혀가고 있었다.

"윤석아."

혼자 교실 창가 쪽에 앉아 있던 윤석이 놀라 일어서며 자신의 누나를 바라보았다.

"여기 있었구나."

"누나!"

윤희는 웃으며 다가가 빵과 우유병을 윤석이 손에 쥐어주었다.

"이거 먹고 힘내. 알았지? 누나는 바빠서 이만 간다."

윤희는 다시 돌아서서 학교로 달려갔다.

윤석이 멍한 표정으로 누나의 뒷등을 바라보았다. 그러나 그것도 잠시, 윤석은 빵과 우유를 허겁지겁 먹기 시작했다.

윤희가 교실로 돌아오자, 기다리고 있던 옥희가 감탄한 표정으로 말했다.

"여, 역시 네가 학교에서 최고 예쁜 몸매를 유지했던 것은 이유가 있었던 거야. 모두 네 다이어트가 언제 끝날지 내기를 걸었는데, 우유 한 모금 마셨다고 바로 운동을 하다니. 넌 역시 달라. 네가 내 친구란 게 자랑스러워."

"하…… 핫. 뭐얼……."

윤희는 정신이 혼미해지는 것을 느꼈지만 가까스로 참고 말했다.

굶은 데다 갑자기 움직였더니 빈혈이 왔던 것이다.

옥희는 그 모습을 보며 혀를 찼다.

'독한 년, 그 몸매를 가지고 있으면서 그렇게까지 노력을 하다니. 그렇게 독하니 저 몸매에 저 미모에도 남자들이 감히 접근을 못하지. 나는 도저히 흉내도 못 내겠다. 그래, 너 혼자 다 예뻐라! 나는 그냥 먹다 때깔이나 좋게 죽으련다. 어차피 내일 다른 학교로 가는 년이니 다시는 보지 못하겠지.'

옥희는 고개를 흔들었다. 우유 한 모금 마셨다고 달리기까지 하다니, 자신은 죽었다 깨어나도 불가능한 일이었다.

결심

　서울 거리는 그녀가 5년 전에 본 것과 조금도 다르지 않았다. 그때와 다른 것이 있다면 지금 그녀의 손을 잡아줄 아버지가 없다는 것과 그녀의 등에 업힌 가난이란 그림자였다.

　또르륵.

　의지와 상관없이 흘러내리는 한 방울의 물기는 조각조각 부서져 강물 속으로 흩어져 갔다. 걸음을 멈추고 하늘을 올려다보았지만, 어둠은 윤희의 아픈 모습을 감추고 보여주지 않았다.

　차들이 빵빵거리며 거리를 질주하고 있었다.

　'그냥 뛰어들까?'

　강렬한 유혹이 그녀를 다시 한 번 잡아끌었다. 문득 흐릿하게 떠오르는 모습들이 그녀의 몸을 부둥켜안고 놓지 않는다.

　언제나 자신을 보고 있는 동생 윤석과 지금도 희망을 버리지 않는 엄마. 그리고 언제 나타났는지 그녀의 어깨를 다독거리는 아빠의 모습.

　'아빠, 저 오늘 새 학교로 전학을 가게 되었어요. 이럴 때 아

빠가 함께했으면 좋았을 텐데.'

그녀는 유혹을 뿌리치고 하늘로 시선을 향했다.

별이 그녀의 눈으로 쏟아져 들어왔다.

서울 날씨치고는 드물게 청명한 밤하늘이었다.

이제 다니던 학교는 더 이상 다닐 수 없게 되었다. 집에서 쫓겨나는 신세가 되어 다시 집을 옮겨야 하기 때문이다. 엄마가 어디서 구했는지 약간의 돈을 보태 겨우 집을 옮기긴 했지만, 당장 먹을 쌀도 반찬도 없었다.

몸이 편찮은 엄마가 직장을 구하겠다고 나갔지만, 그녀는 큰 기대를 하지 않았다. 하루 종일 굶은 동생이 당장 걱정이었다. 어제는 빵과 우유라도 먹었지만, 그 이후로는 거의 먹지 못했을 것이다.

그리고 내일도 모레도 굶어야 할 판이었다. 아무리 생각해도 방법이 없었다. 그렇다고 다시 도둑질을 할 용기는 없었다. 고민하던 윤희는 결국 한 가지 방법을 생각해 내었다.

'그래 어차피 이렇게 된 것, 어쩔 수 없다. 나라도 팔아서 살 수 있는 사람은 살리자.'

윤희는 친구들이 가르쳐 준 쉽게 돈 버는 방법을 택하기로 결심하였다.

그녀로서는 정말 힘든 선택이었지만, 지금으로서는 어쩔 수 없는 상황이었다.

　'그래, 정혜 년이 이 방면에 고수였지.'

　그녀는 반 친구 정혜를 찾아가기로 하였다. 이미 학교에서 소문난 아이였다.

아저씨의 등

　방문이 열리는 순간 윤희는 가슴이 쿵 하고 내려앉는 기분이었다.

　'이제 내 청춘은 이렇게 무너지는구나.'

　생각하는 순간 그녀의 눈엔 자신도 모르게 물기가 번져 나왔다.

　널찍한 아저씨 등은 뭐든 먹어치울 수 있는 하마의 입처럼 그녀를 향해 이를 드러내고 있는 것 같았다.

　문을 열고 그녀를 돌아본 아저씨가 함박웃음을 머금고 말했다.

　"어서 들어오너라."

　윤희는 땀을 닦는 것처럼 눈가를 훔치고는 제법 경험이 있는 척하며 당당하게 안으로 들어섰다.

나뭇결 무늬로 아름답게 장식한 바닥과 화사한 분위기, 고급스런 침대가 그녀의 눈을 한 번에 가득 메워 버렸다.

"허허. 날씨가 좀 덥지? 땀 냄새가 많이 날 거다. 잠시 기다리렴. 내 좀 닦고 오마."

거침없이 말한 아저씨는 옷을 벗고 러닝셔츠와 바지만 걸친 채 욕실로 들어갔다.

윤희는 그 자리에 털썩 주저앉았다. 다리가 후들거리는 것을 겨우 참고 있었던 것이다. 그녀의 등에 업힌 '가난'이 안타까운 듯 그녀를 바라보고 있었다.

욕실에서 콧노래 소리가 들렸다. 윤희는 몇 번이나 뛰쳐나가고 싶은 것을 참고 또 참았다.

'내가 조금만 비참하면 돼. 그러면 엄마도 편해지고 집세도 낼 수 있고, 윤석이도 배부를 수 있어.'

눈을 감았다. 물소리가 멎고 문이 열리자, 언제 그랬냐는 듯 윤희는 당당한 표정으로 아저씨를 바라보았다.

옷과 바지를 대충 걸치고 수건으로 얼굴을 닦으며 나온 아저씨는 함박웃음을 웃으며 그녀를 훑어본다. 소름이 돋으면서 온몸에 서리가 내려앉는 느낌이었지만, 그녀는 훌륭하게 견뎌낼 수 있었다.

배불리 밥을 먹고 행복해하는 동생의 모습이 아련하게 떠올랐다.

"하하. 정말 개운하다."

웃으며 윤희를 바라보던 아저씨의 얼굴이 갑자기 경직되었다. 윤희 등에 업혀 있는 가난을 이제야 보고 놀란 것이다.

"그, 그건, 뭐냐?"

"가난이에요. 제 운명이니 신경 쓰지 마세요."

윤희는 얼른 일어서서 옷의 단추를 풀며 말했다.

"저, 저도 샤워하고 올게요."

"흠, 샤워는 뭘. 에어컨 틀어줄 테니 그냥 하자. 나도 시간이 없어서 오래 있을 수 없어."

"그, 그게……. 그래도 괜찮다면 그럴게요."

"그래. 사람 사는 게 다 그렇지, 뭐. 굳이 이런 데 와서 깨끗한 척할 필요가 뭐 있겠어."

윤희는 슬쩍 고개를 돌렸다.

'그래, 맞아. 여기까지 와서 뭘 가리겠어.'

아저씨는 조금 주저하며 윤희를 바라보았다. 윤희는 그 뜻을 알고 다시 옷을 벗으려고 하였다.

그 모습을 보던 아저씨는 방 안을 둘러보며 조금 민망하다는 표정으로 말했다.

"흠흠, 이런 말 하긴 조금 부끄럽지만, 돈을 세 배로 줄 테니 내가 가져온 기구를 사용하면 안 될까?"

윤희는 화들짝 놀라며 아저씨를 바라보았다.

"기, 기구요?"

그녀는 마른침을 꿀꺽 삼켰다.

원조 교제를 하기 전에 인터넷을 뒤지며 보았던 변태 아저씨들에 대한 이야기와 기구들이 한꺼번에 떠올랐다가 사라졌다.

"뭐, 그리 비싼 것은 아니야. 나한테 익숙한 것이라. 대신 살살 해줄게. 안 될까?"

윤희는 망설였다. 무서웠지만 돈에 대한 욕구가 그녀의 가슴을 지배했다.

'아플까? 어차피 처음에는 다 아프다던데, 조금 더 아프기밖에 하겠어.'

가볍게 아랫입술을 깨물었다. 애초부터 쉽게 돈을 벌 거라고는 생각하지 않았다. 그렇다면…….

"좋아요. 할게요."

아저씨 입이 귀밑까지 벌어졌다.

"하하. 그래, 생각 잘했다. 그럼 잠시만 기다리렴."

아저씨는 후다닥 달려가서 가방을 열고 안에서 무엇인가를 꺼내 들었다. 윤희는 질끈 눈을 감고 말았다. '지잉' 하는 전자음이 들려오는 것 같았다.

"허허, 이놈이 주인을 알아보는군. 어이쿠, 이놈, 요동치는 것 좀 봐라."

'그래 까짓, 하는 거다. 여기서 도망치면 모든 게 끝이다.'

독하게 마음을 먹고 눈을 뜬 윤희는, 아저씨를 바라보다 그대로 경직되고 말았다.

"그, 그건……?"

아저씨가 마음 좋게 웃으면서 말했다.

"이게 이래 보여도 2인용에다, 속도도 제법 빠르단 말이지."

아저씨 손에 들린 기구는 2인용 게임기였다.

윤희의 눈에 다시 한 번 물기가 핑 돌았다.

그것을 아는지 모르는지, 아저씨는 신이 나서 말했다.

"이게 바로 제대로 된 게임기의 느낌이야. 흐흐흐. 집에서는 마누라 눈치 보느라 못하고, 회사에서는 남세스러워서 꺼내지도 못하던 것이지."

헐렁한 옷과 바지를 걸친 아저씨는 플레이스테이션을 빠르게 설치하고 윤희를 바라보았다.

그날 윤희는 그렇게 하고 싶었던 플스 게임을 몇 시간이나 할 수 있었다.

'윤석이었으면 정말 좋아했을 텐데.'

게임기 가게를 지나면서 뚫어지게 가게 안을 들여다보던 동생의 모습이 떠올랐다.

내일도 모래도 하늘이 쪽빛이면 좋겠습니다.
붉은 장미를 하나씩 하나씩 외로 따다 뿌리고
가난이란 운명을 강물에 흘릴 수 있다면,
세상의 반을 내가 가진 것처럼 행복하겠습니다.

내 몸을 촛불처럼 불사르고,
그 빛으로 가난을 잠시 피할 수 있다면,
나는 그걸로 행복할 수 있습니다.
옳고 그른 것은 가난하지 않은 자의 동화랍니다.
내일도 하늘이 쪽빛이면 좋겠습니다.
오늘처럼.

동생

해가 지고 있었다. 윤희는 저무는 해가 자신의 청춘과 비슷

하다 생각하였다. 그래서인지 일출보다는 일몰을 유난히 좋아하는 윤희였다.

이유는 없었다.

자신과 동질이라는 느낌.

그것 하나로 이유는 충분했던 것이다.

등에 짊어진 가난이 그녀의 치맛자락을 붙들고 길게 늘어졌다.

갑자기 수치심이 확 치밀어 올랐다.

플스 게임.

할 때는 모든 것을 잊을 수 있었다.

그러나 아저씨가 주는 돈을 받을 때의 그 수치심이란, 당해보지 않은 사람은 모를 것이다.

떨리는 손으로 겨우 돈을 받아 들고 돌아서서 나왔을 때, 그녀는 자신이 무슨 짓을 했는지 깨달았다. 비록 순박한 아저씨 때문에 무사할 수 있었지만, 그것이 그녀의 양심을 감싸주지는 못했다.

'더러운 년, 너는 정신을 상실한 거야.'

생각할수록 참을 수 없는 모멸감이 그녀의 가슴을 아릿하게 저며오고 있었다.

'하지만 어쩔 수 없었어.'

그녀는 스스로를 위로하며 눈을 질끈 감았다가 떴다.

"누나!"

환청이리라.

그렇게 생각할 때 다시 한 번 또렷한 목소리가 들려왔다.

"누나!"

분명히 동생 목소리였다.

윤희는 놀라서 소리가 난 곳을 돌아보았다.

윤희를 바라보고 있는 남루한 옷차림의 소년.

"유, 윤석아! 네가 이 늦은 시간에 여긴 무슨 일이니? 그것도 혼자서."

윤석이 밝은 표정으로 웃으면서 말했다.

"친구들은 모두 학원 갔지. 혹시 아르바이트라도 할 수 있을까 해서 돌아다녔어. 심부름 같은 것은 잘할 수 있는데. 돈 벌어서 엄마 주려고 했는데. 아주 조금만 빵을 사 먹고……."

윤석은 멋쩍은 표정으로 자신의 발끝을 내려다보며 말끝을 조금씩 흐렸다.

다 헤어진 동생의 운동화가 유난히 크게 그녀의 눈에 들어왔다. 윤희는 눈물이 핑 도는 것을 느꼈다.

갑자기 자신이 부끄러워졌다. 이제 겨우 초등학생인 동생보다도 자신이 훨씬 못났다는 생각이 들었다. 그리고 갑자기 든든한 마음이 들었다.

‘그래, 네가 있었지. 너라면 우리 집안의 미래를 책임질 수 있을 거야.’

윤희는 입가에 미소를 지었다.

미소를 띤 얼굴의 굴곡을 따라 습기가 흘러내린다.

다행히 등 뒤로 지는 태양이 그녀의 눈물을 가려주고 있었다.

“그랬구나. 세상 어른들이 우리 석이를 너무 몰라 준 모양이구나. 그래 점심은 먹었니?”

“에이, 뭐, 내가 너무 어려서 그렇지. 점심은 안 먹어도 괜찮아. 나도 지금 막 집에 가려던 참이야.”

윤희가 습기 어린 눈을 흘기면서 말했다.

“바보야, 누가 너더러 돈 벌라고 했니?”

윤석은 활짝 웃으면서 말했다.

“누나는 아직 모르는구나. 나도 일 잘할 수 있다고. 그리고 나는 우리 가문의 장남이란 말이야. 유일한 남자고. 나를 무시하지 말라고. 헤헤.”

윤희는 다시 한 번 콧날이 시큰해지는 것을 느꼈다.

“역시 우리 집 장남은 멋져. 후후.”

윤희는 그대로 윤석의 머리를 쓰다듬었다.

그녀의 품 안에서 윤석이가 멋쩍게 웃고 있었다.

나란히 손을 잡고 걸어가는 남매의 뒤를 석양의 노을이 아름답게 수를 놓았다.

안소니

"에이, 씨."

안소니는 자신도 모르게 짜증을 내고 말았다. 모든 것이 그렇다. 호주에서 유학 생활을 할 때는 정말 마음대로 살았었다. 무엇보다도 답답한 생활을 안 해서 좋았다. 그러나 서울로 돌아온 후부터 안소니는 답답함을 느끼고 있었다.

아주 오래전에는 그런대로 엄마와 아버지 사이가 좋았었다. 그런데 언제부터인가 두 분 사이가 냉랭해졌다. 안소니는 정확하게 그 시기와 이유를 알지 못했다.

무엇인가 못마땅한 듯한 아버지의 표정과 사나운 어머니의 눈초리는 언제부터인가 낯익은 풍경이 되었고, 이제는 의례적인 행사가 되었다.

두 사람은 한 집에 살면서 언제나 제각각이었고, 안소니는 그런 분위기 속에서 홀로 내던져진 기분을 느끼곤 했었다.

그러다 호주로 유학을 갔고, 돌아왔을 때 부모님 사이는 더욱 서먹해져 있었다. 아버지의 어깨는 더욱 처져 있었고, 어머니는 더욱 기세가 등등해진 것이다. 특히 엄마가 열심히 활동하던 여성인권운동본부의 회장이 되고부터 더욱 그랬다.

안소니는 자신의 애마인 명품 스쿠터 야마하 비노 블랙을 타고 달릴 때가 가장 좋았다. 비록 거창하진 않지만, 세련된 디자인과 검은색으로 쭉 빠진 이 스쿠터는 그의 마음을 언제나 위로해 주는 친구였다.

물론 그것과는 상상도 할 수 없는 할리데이비슨이 있었지만, 그것은 학생 신분에 어울리지 않았다. 그리고 운전면허가 있어야 탈 수 있는 것이 할리데이비슨이었기에 더욱 그랬다. 그래서인가? 유일하게 서울 하늘에서 그의 마음에 드는 것이 있다면 이 야마하 비노 블랙이리라.

스쿠터를 타고 나가던 안소니는 아버지가 가죽 가방을 소중하게 옆에 들고 차를 타는 것을 보고 얼굴을 찡그렸다. 대체 무엇이 들었기에 저리 소중할까 궁금했지만, 굳이 묻고 싶지 않았다. 그러고 보니 아버지와 대화를 해본 것이 언제인지 까마득해 기억도 나지 않았다.

잘 나가는 회사의 중역이라면 벤츠는 아니더라도 BMW 정도는 타야 하는 것 아닌가? 하는 불만을 가졌지만, 아버지는 언제나 한국산 그랜저를 선호하였다. 자신의 인생과 함께한 그랜저를 버릴 수 없다는 것이 그 이유였다. 안소니에게는 전혀 이해할 수 없는 말이었다.

한 가지는 알 수 있었다. 그렇게 답답하니 어머니에게 무시당할 수밖에 없다고.

그래서 그저 그러려니 하고 지나친다.

안소니는 처진 아버지의 어깨를 보니 다시 짜증이 나려 하자, 얼른 스쿠터의 속력을 가속하면서 학교로 향했다.

안소니가 아버지에게 바라는 것은 아무것도 없었다. 차라리 아버지가 회사 일을 그만두고 쉬셨으면 싶었다. 외가로부터 물려받은 재산이 충분하다 못해 넘치는 데다, 아버지의 봉급이라고 해봐야 엄마가 가진 건물세에 비하면 아무것도 아니었기 때문이다.

"뭐, 아버지 인생이니까."

혼자 중얼거리며 안소니는 스쿠터의 속력을 조금씩 높이고 있었다. 시원한 바람이 그의 마음을 씻어간다.

학교에 거의 다 도착했을 무렵 그의 뒤에서 누군가 그를 불렀다.

"야, 안소니."

안소니가 스쿠터를 세우고 뒤를 돌아보자, 그곳엔 반장과 부반장이 나란히 서 있었다.

안소니가 시큰둥한 표정으로 말했다.

"무슨 일이야?"

반장이 말했다.

"너, 내일 연극부에 오는 것 알지?"

"그게 무슨 말이야?"

"모르고 있었단 말이야? 이번 학예회에서 발표할 연극의 주인공 오디션이 있잖아."

"그거야 알지만, 어쩌라고?"

"선생님 말씀이 이번엔 연극부가 아니더라도 오디션을 통해서 실력있는 사람을 주인공으로 뽑겠다고 하셨으니까 단단히 준비하고 오라고. 자칫하면 연극부원들이 밀려서 망신당할 수도 있어."

안소니는 피식 웃고는 다시 스쿠터에 힘을 가하며 말했다.

"그건 여주인공을 말한 것 아니었나? 여튼 알았다."

안소니의 스쿠터가 사라져 가는 모습을 멍하니 바라보던 부반장이 말했다.

"언제 봐도 저 스쿠터는 너무 멋져."

"흥, 언제고 나도 저 스쿠터를 사고 말 거야. 그보다도 선생님이 여주인공 오디션에 참석할 인원 30명을 반드시 채우라고 했잖아. 이렇게 한가할 때가 아니지.”

부반장 여학생의 표정이 굳어지면서 서두르기 시작했다. 의외로 30명은 적은 숫자가 아니라는 것을 잘 알기 때문이었다.

피라미드

새로 옮긴 집은 서울에서 하늘과 가장 가까운 곳 중 한 곳이었다. 비록 가파른 언덕을 올라가고 있었지만, 손에 쌀 봉지를 들고 가는 윤희와 동생 윤석의 발걸음은 가벼웠다.

집 안으로 들어가는 문을 열자 대문이 삐거덕거리면서 비명을 질러 댔다.

방 안으로 들어가자, 좁은 방 안에는 엄마가 앉아 있고 피라미드가 그려져 있는 상자가 가득히 쌓여 있었다. 윤희와 윤석은 놀라서 그 모습을 바라보았다.

남매가 들어오자 엄마는 자그마한 피라미드 모형을 하나 꺼내 귀한 듯 만지며 말했다.

“이제 걱정 마라. 드디어 엄마도 취직을 했단다. 이걸 1,000개만 팔면 생활비는 충분히 나올 거다.”

피라미드.

윤희가 아르바이트를 찾을 때 보았던 물건이었다. 윤희는 한동안 피라미드를 보다 걱정스런 표정으로 말했다.

"엄마, 이건 다단계 판매잖아요! 이거 잘못하면 큰일 난다던데."

"무슨 소리냐! 이건 '맥반석 피라미드'를 만드는 '주식회사 피라미드'의 제품일 뿐이야. 이걸 파는 사람 1,000명만 모으면 정식 직원이 될 수 있어! 그리고 우리는 부자가 될 수 있다. 꼭 그렇게 될 거야."

"그런 게 피라미드 회사예요. 엄마는 뉴스도 안 봐요? 제발 그만두세요."

"시끄럿! 네가 뭘 안다고 그래. 이건 피라미드를 만드는 회사라니까! 콜록콜록."

말끝에 심한 기침과 함께 가래 끓는 소리가 들린다. 그 소리는 마치 칼끝처럼 윤희의 가슴을 후리고 있었다. 윤희는 자신이 말려도 더는 어쩔 수 없다는 것을 잘 알고 있었다.

엄마가 고개를 든 채 그녀를 사납게 노려보며 말했다.

"넌, 어서 나가 밥이나 해라!"

'쌀이 없었다는 것이나 알고 계신가요?'

입 밖으로 말이 나오지는 않았다.

윤희는 힘없이 돌아서서 밖으로 나갔다.

그녀는 동생 윤석의 손을 꼭 잡고 있었다.

윤석은 영문을 모르겠다는 표정으로 그녀를 올려다보았다. 아직 동생은 어리다.

"누나, 피라미드 회사가 뭐야? 그거 나쁜 거야?"

윤희는 동생을 바라보았다.

호기심이 가득한 눈.

"피라미드 알지?"

"응"

"그 회사가 나쁜 것이 아니라, 피라미드는 밑에서부터 큰 돌을 하나씩 쌓아가야만 하는 것이란다. 하지만 엄마는 아프셔서 그 큰 돌을 들기가 너무 힘들 거야. 그렇지? 그래서 누나가 걱정하는 거란다."

윤석은 고개를 끄덕이며 말했다.

"내가 크면 그까짓 큰 돌 얼마든지 들 수 있어. 그땐 내가 엄마 대신 할 거야."

윤희는 미소를 지으며 힘없이 고개를 끄덕였다.

가난이 그녀의 등을 조이며 감싼다.

윤희는 살며시 엄마의 모습을 돌아보았다.

정말 열심히 하신다.

　불과 며칠 전 보리밥을 만들어 자신과 윤석에게 권하던 모습
이 떠올라 그녀를 더욱 슬프게 만들었다. 그날 정말 오랜만에
윤희는 일기를 썼었다.

2. 부자와 가난한 자의 차이

외눈박이

무쓸모 고등학교 교실 안.

학생들이 웅성웅성 이야기를 나누고 있을 때, 교실 문이 열리며 한 학생이 주춤거리면서 안으로 들어왔다. 그런데 그 학생은 특이하게도 눈이 하나밖에 없는 외눈박이였다.

한쪽 눈이 없는데도 안대를 하지 않았고, 눈꺼풀이 살처럼 눌어붙어서 보기에 따라 처음부터 눈이 하나밖에 없는 것처럼 보였다.

외눈박이가 안으로 들어오자, 교실 안에 있던 학생들 표정이 싸늘해졌다.

그들 중 한 명이 흥겨운 표정으로 외눈의 학생에게 다가서며 말했다.

"여어, 이게 누구야? 외눈박이 아닌가? 난 말이지, 새 학기가 되면서 자네가 나와 같은 반이 되었다는 사실에 아주 만족해한다네."

학교 내에서도 일진회 중 한 명으로 유명한 학기였다.

그의 주변에 있던 학생들이 '와' 하고 웃음을 터뜨렸다. 외눈박이는 주춤거리며 학기를 바라보았다.

그 모습은 고양이를 만난 쥐와 비슷했다.

"어라, 너 지금 도망가려고 하냐? 이리 와! 좋게 말할 때 이리 와라, 이리 오란 말이야! 이 짱구 새끼야!"

학기의 목소리가 갑자기 거칠어지면서 빠르게 외눈박이의 멱살을 잡았다. 외눈박이의 큰 외눈이 겁에 질렸다.

그 모습을 보며 학기는 외눈박이의 주머니를 툭툭 쳤다.

"너, 내가 말했지. 아침에 출근할 때는 항상 이 형님의 먹을 거리를 싸 오라고. 그랬어, 안 그랬어?"

외눈박이가 황급히 고개를 끄덕였다.

"그런데 왜 빈손이냐? 엉, 왜 빈손이냐고? 너, 씨발, 내 말이 거지같이 들렸다 이 거지?"

외눈박이는 주춤거리며 품 안에서 빵을 꺼내 학기에게 내밀었다. 빵을 빼앗은 학기는 봉지를 뜯어 한 입 베어 물고 동료들에게 넘겼다. 모두 '와아' 하면서 달려들어 한 입씩 먹었다.

고무라도 씹는 것처럼 빵을 씹던 학기가 말했다.

"눈은 하나라도 귀가 둘이라 제법 알아듣네. 그런데 이게 다냐?"

외눈박이가 두려운 듯 고개를 끄덕이자, 학기가 어이없다는 표정으로 말했다.

"야, 이 씨방새야. 넌 내가 정말 거지로 보이냐? 그리고 좋은 빵 놔두고 싸구려 빵으로 나를 무시해? 야, 이 새끼야, 너는 크림빵도 모르냐?"

학기가 손으로 외눈박이의 뺨을 툭툭 치자, 외눈박이는 주춤거리며 뒤로 물러섰다.

"내일부터 크림빵이다. 알았나? 그리고 빵이 있으면 우유도 있어야 할 거 이니냐? 그치, 그치. 안 그냐?"

외눈박이가 겨우 고개를 끄덕이자, 학기가 뒤로 돌아서서 손을 들어 보이며 말했다.

"자, 여러분, 내일부터 우리 외눈박이 군이 크림빵과 우유로 나의 아침을 책임진다고 했습니다. 모두 이 착한 학생을 위해서 박수를.”

지켜보던 학생들이 웃으면서 박수를 쳤다. 몇몇 학생들은 못마땅하다는 표정을 지었지만, 그렇다고 나서서 말리거나 반발하는 학생은 없었다. 그때 부반장이 손에 한 장의 티켓을 들고 교실 안으로 들어서며 말했다.

“너희들, 뭐 해. 빨리 자리에 앉아라. 수업 시간 되었어.”

학생들이 모두 자리에 앉을 때 반장이 일어서서 부반장을 보고 물었다.

“오늘인데, 30명 채운 거야?”

부반장이 자랑스럽게 한 장의 티켓을 들어 보이며 말했다.

“한 장 남았어. 한 장이야 뭐, 우리 반에 줄 애가 있지. 그러니 사실상 임무 끝.”

그때 급히 문이 열리며 윤희가 안으로 들어왔다.

“미안. 다행히 아직 수업 시작 안 했네.”

윤희가 허겁지겁 자신의 자리로 가려 할 때 부반장이 그녀의 손을 잡으면서 말했다.

“말로만 미안하면 되나?”

윤희가 놀라 부반장을 보자, 부반장은 빙긋이 웃으면서 말했다.

“다시 같은 학교를 다니게 되었네. 더군다나 같은 반이 되었는데, 너 윤희 맞지? 나 기억하니? 중학교 때 너랑 같은 반이었던 애린이야.”

윤희가 놀란 표정으로 애린을 바라보았다. 중학교 때 같은 학교에 다니던 장애린이 분명했다. 그러나 그때보다 몰라볼 정도로 예뻐지고 세련된 모습이라 알아보지를 못했다. 하긴 이제 전학 온 지 이틀째인데, 언제 인사인들 제대로 했겠는가.

“네, 네가 애린……?”

“맞아, 내가 애린이야. 그리고 축하해. 네가 마지막 오디션 멤버야.”

어느새 윤희의 손에는 연극부 오디션 티켓이 있었다. 얼떨결에 티켓을 든 윤희가 주춤거리자, 반장이 한 발 나서며 쐐기를 박는다.

“오늘 오후다. 그리고 그거 아니? 연극부 오디션이 5교시라 오디션에 오면 우리 학생들이 제일 싫어하는 수학 선생님 강의를 안 들어도 된다는 거.”

순간 여학생들이 난리를 치며 부반장에게 ‘나도 한 장’을 외쳤다. 그러나 반장과 부반장은 고개를 흔들 뿐이었다. 이미 물 건너간 것이다.

부반장은 처음부터 윤희를 염두에 두고 한 장을 남겼다. 그녀는 윤희를 바라보았다.

하얀 피부에 여리고 후리후리한 몸매. 묘하게 보호본능을 자극하는 윤희의 모습은 제법 매력적이었다. 그러나 수줍고 내성적으로 보이는 그녀의 모습은 연극처럼 대중 앞에 나서서 연기를 하는 일에는 전혀 어울려 보이지 않았다.

'네가 감히 이 학교까지 쫓아와서 그 하찮은 미모로 나를 위협해? 이번 오디션에서 망신 좀 당해봐라.'

그녀는 미미하게 웃음을 머금었다. 중학교 때의 그녀가 아니었다.

한편 학기는 묘한 시선으로 윤희를 바라보고 있었고, 교실 한 귀퉁이에서 안소니는 엎어져 자고 있었다. 세상일에 전혀 관심 없다는 모습이었다.

연극부 오디션

연극부 교실 앞에서 주춤거리던 윤희는 하는 수 없다는 듯 문을 열고 안으로 들어갔다. 사람들 앞에 나서는 것이 내키지도 않았고, 평소 연극에 관심도 없었지만, 참석하지 않았다가는 부반장이나 반장에게 말을 들을 것 같아 일단 참석만 했다 돌아가기로 결심을 한 것이다.

그리고 수학 선생님 강의도 듣고 싶지 않았다. 지루하고 고루한 수학 선생님의 강의는 이미 첫 시간에 질린 윤희였다. 무쓸모 고등학교 학생들이 왜 수학 선생님이라면 고개를 젓는지 충분히 이해할 수 있었던 것이다.

연극부 안으로 들어갔지만, 어느 누구도 윤희에게 관심을 가지는 사람은 없었다.

연극부 담당 선생님, 그리고 부반장 장애린과 반장이 심사위원으로 앉아 있었고, 오디션을 보기 위해 여학생들이 무대 앞쪽 의자에 죽 늘어서서 앉아 있었다. 그 양옆으로 구경하는 연극부 남학생들이 늘어서 있었다. 윤희는 그들의 맨 뒤에 가서 조심스럽게 자리에 앉았다.

연극부 담당 선생님은 시간이 되었다고 생각하자, 자리에서 일어나 학생들을 죽 훑어보면서 말했다.

"상황 설정은 '콩쥐가 쌀독에 쌀이 떨어진 것을 보다' 이니까 최선을 다해 연기하기를 바란다. 올해는 멋진 여주인공이 여기 오디션에서 나오길 기대하겠다."

'와아' 하는 소리와 함께 박수를 받으며 선생님이 자리에 앉자 이번에는 사회를 맡은 여학생이 자리에서 일어서며 말했다.

"자, 그럼 순번대로 나오세요. 우선 1번."

"넹."

하얀 드레스에 곱게 흘러내린 치마. 동화 속의 신데렐라처럼 꾸며 입은 예쁜 여학생이 코맹맹이 소리와 함께 자리에서 일어섰다.

'와' 하는 작은 탄성이 남학생들 사이에서 흘러나왔다. 앞으로 나온 소녀는 가볍게 인사를 하고 연기를 하기 시작했다.

"쌀이 또 떨어지다니! 어떡해! 이걸 어떡해! 아아! 왕짜증! 이제 아르바이트 해야겠네. 썅, 원조교제하기 싫은뎅."

"와하하!"

보고 있던 학생들이 원조교제란 말에 웃음을 터뜨리며 휘파람을 불어 대었다. 간간이 박수도 터져 나왔다.

여학생은 어리둥절해서 웃는 학생들을 바라보고, 선생님이 내려와서 소녀의 어깨를 다독이며 말했다.

"고생했어, 학생. 이제 아르바이트할 시간일세."

"와아……."

다시 한 번 학생들이 시끌시끌 웃어 댔다.

사회를 맡은 여학생이 빠르게 자리에서 일어서며 말했다.

"자, 지금 설정은 자신의 집에 쌀이 떨어졌다는 가정 하에서 하는 연기입니다. 그러니 그 점을 명심하시고 다음 2번 나와주세요."

두 번째 소녀가 앞으로 나와 쌀독을 보는 시늉을 하더니,

"아따, 쌀 떨어졌네그려. 엄마 돈 줘어……."

세 번째 여학생.

"쌀독, 미워잉~"

학생들이 폭소를 터뜨리자, 연극부 선생이 어처구니없다는 표정으로 말했다.

"이년들아! 지금 코미디하냐? 쌀 떨어져서 굶어 죽게 된 년이 무슨 아양이냐, 아양이. 쌀독이 남자냐? 어디서 하던 버릇을 하고 있냐? 그걸 연기라고. 그냥 콱! 야, 다음!"

한 여학생이 자리에서 일어서자, 갑자기 교실 안의 분위기가 무거워졌다.

유옥선.

전교 부회장이자, 소위 학교에서 막강한 배후 실력자 중 한 명이 자리에서 일어선 것이다. 그녀의 얼굴은 무척 순진하고 여려 보였다. 그러나 그녀가 학교 여학생 짱임을 모르는 학생은 아무도 없었다.

그녀가 무대 위에 서자 모두 호기심 가득한 표정으로 바라보았다. 유옥선은 좌중을 보고 가볍게 웃은 다음 쌀독을 내려다보는 것 같더니 갑자기 얼굴이 굳어진 표정으로 말했다.

"이런 쌍, 쌀이 떨어졌잖아. 염병, 지랄이네."

　심사위원들의 표정도 함께 굳어졌다. 그러나 여학생들은 열광적으로 박수를 쳤다. 부회장은 아주 만족한 표정으로 심사위원석을 바라보았다.

　그렇게 시간이 한참 흘렀다. 이런저런 이유로 기권하는 여학생들이 속출하는 가운데, 어느덧 오디션이 끝나가고 있었다.

　연극부 담당 선생님이 심사위원들을 돌아보고 물었다.

　"후보자들 연기를 본 소감들이 어때?"

　먼저 부반장 장애린이 말했다.

　"미숙하기는 하나 생각보다 개성들이 강한 것 같아요. 잘하면 좋은 캐릭터를 찾을 수도 있을 것 같아요."

　"마음속으로 정한 사람들은 있나?"

　반장이 고개를 흔들며 말했다.

　"아직은 고만고만한 상황입니다. 두세 명 정도는 생각하고 있지만 딱히 누구다라는 생각은 안 듭니다."

　"그런가? 기권한 여학생들 빼고는 다 한 것 같은데, 이 정도에서 정리를 하는 것이 어떤가?"

　부반장이 고개를 흔들며 말했다.

　"아직 마지막이 남았습니다."

　연극부 선생님과 반장의 시선이 부반장의 시선을 좇아 맨 뒤에 앉아 있는 윤희에게로 향했다. 잠시 그녀를 바라보던 연극부 선생님이 말했다.

"마스크는 아주 좋은데, 너무 순진해 보여. 과연 잘할 수 있을까?"

부반장이 입가에 미소를 머금고 말했다.

"그래도 혹시 모르죠. 끼라는 것은 아무도 모르는 것이잖아요. 그러니 일단 시켜보기로 하죠."

"좋아."

연극부 선생님이 사회를 보고 있는 여학생에게 눈짓을 하였다.

"자, 그럼 이제 마지막 번 나오세요."

윤희는 끝까지 망설이며 머뭇거리고 있었다. 이때 부반장이 나와 그녀의 손을 잡고 끌며 말했다.

"뭘 망설여. 일단 하고 보라고."

어쩔 수 없이 윤희는 무대에 서고 말았다.

선생님이 그녀를 보고 고개를 끄덕이며 말했다.

"자, 한번 멋지게 해보라고. 마지막 번이니까 마음 푹 놓고 해봐."

윤희는 어색해서는 머뭇거리며 쌀독을 바라보았다. 그런데 그 모습이 마치 쌀독에 쌀이 떨어진 것을 어느 정도 예견하고는 두려운 마음으로 쌀독을 보는 듯했다.

비웃으며 쳐다보던 부반장의 얼굴이 흠칫 굳어졌다.

'어라, 제법이네.'

쌀독을 본 윤희는 눈물이 핑 도는 것을 느꼈다. 불과 얼마 전에 본 집의 쌀독이 생각났던 것이다. 그때의 서글픔과 당황스러움이란……. 동생 윤석이 눈을 반짝이며 자신을 보던 모습까지 오버랩되면서 윤희는 몸까지 부르르 떨었다. 그 모습을 보며 모두 기묘한 표정을 감추지 못했다.

연극부 담당 선생님이 감탄하는 표정으로 말했다.

"저건 정말이다. 어떻게 저런 실감나는 연기를!"

반장이 몸을 떨면서 말했다.

"난 우리 집 쌀이 떨어진 줄만 알았어!"

부반장은 조금 질투 어린 표정으로 말했다.

"흠, 조금 하네."

연극부 담당 선생님이 다시 무릎을 치며 말했다.

"더 생각할 필요도 없을 것 같군. 결정했다."

아무도 이의를 제기하지 못했다.

이때 구석에서 윤희를 바라보던 부회장 소녀가 얼굴을 붉히면서 중얼거렸다.

"저런 쌍년이 내가 말아 놓은 밥을 처먹네."

분한 표정으로 그녀가 중얼거릴 때였다. 부반장 장애린이 누군가를 바라보고 눈짓을 하였다. 그러자 오디션을 보러 왔던 한 여학생이 벌떡 일어서서 선생님을 보고 소리를 질렀다.

"실감나는 게 당연하죠. 저년의 일상생활이 가난의 정석인 것으로 알고 있습니다. 이건 조폭에게 조폭 연기를 시킨 거나 마찬가지인 거죠. 그러니 저걸 연기력이라 생각하면 오산이라고 생각합니다."

여학생의 항의에 선생님은 조금 심각한 표정으로 고개를 끄덕였다.

"것도 그렇긴 한데……."

부반장이 어쩔 수 없다는 표정으로 말했다.

"그럼 반대로 부자 연기를 시켜보면 어떨까요?"

선생님이 윤희를 바라보며 말했다.

"이봐, 학생. 이번엔 부자 연기도 한번 해볼 텐가?"

윤희는 당황스런 표정으로 말했다.

"네? 저, 저는 바쁜 일이 있어서 그만 가보겠습니다."

윤희는 빨리 그 지리를 벗어나고 싶었다. 가난은 그녀를 항상 궁지로 몰고 갔으며, 이유없이 무력하게 만들곤 하였다. 그리고 원해서 섰던 자리도 아니었던 것이다.

윤희는 황급히 인사를 하고 무대 위에서 뛰쳐나갔다. 문을 박차고 도망가는 윤희의 모습을 보며 부반장은 기묘한 표정으로 웃음 지었다.

처음 그녀가 학교에 나타났을 때부터 마음에 들지 않았다. 특히 자신과 사귀고 있는 반장이 뚫어지게 그녀를 바라보는 모습을 생각하면 지금도 이가 갈린다. 이래저래 많은 남자들 사이에서 자신과 그녀가 비교되고 있다는 말을 들었을 땐 더욱 자존심이 상했었다.

가난뱅이 얼치기와 공주과인 자신을 비교한다는 것은 자신에 대한 모욕이라 생각한 것이다. 특히 중학교 때를 생각하면 더욱 그랬다.

한 학교 한 반이었지만, 그녀는 언제나 윤희에게 밀려서 남학생들의 관심을 끌지 못했다. 그래서 그녀는 윤희가 들어간 고등학교에서 조금 떨어진 이 학교로 진학하며 수백만 원의 돈을 들여 성형수술까지 하였다.

그렇게 해서 이제 자리를 잡는가 했는데, 다시 윤희가 나타난 것이다. 그녀로선 생각만 해도 치가 떨리는 일이었다. 그녀가 윤희에 대해 잘 아는 것은 당연했다. 항상 관심을 가지고 있었으니까.

인연

　안소니는 시큰둥한 표정으로 계단을 올라오고 있었다. 그때 연극부 문이 왈칵 열리면서 윤희가 뛰어내려 왔다.
　"어라리."
　안소니가 좀 놀란 표정으로 윤희를 바라보는데, 윤희는 두 눈을 가리다시피하고 뛰어내려 오다 계단을 헛디디며 앞으로 쓰러지듯 안소니에게 밀려왔다.
　"헉, 내 그럴 줄 알았지."
　안소니는 윤희가 허겁지겁 계단을 뛰어내려 오면서 눈까지 가리자, 예견하고 있었기에 멋지게 몸을 틀며 윤희를 피하였다. 마치 투우사가 돌진해 오는 황소를 피하는 것 같았다. 그러나 세상일이란 것이 그렇게 뜻대로만 되는 것은 아니었다.
　몸이 갑자기 앞으로 쏠리자 놀란 윤희는 얼결에 잡을 것을 찾게 되었고, 그녀의 손은 자연스럽게 안소니의 옷을 움켜쥐고 말았다.
　찌익, 우당탕, 하는 소리가 연이어 들리면서 안소니의 셔츠와 단추가 한꺼번에 뜯어져 나갔다. 그리고 그 힘으로 함께 넘어진 둘은 엉킨 채 계단을 구르고 말았다.

아픈 듯 엉덩이를 털면서 일어난 안소니는 짜증스런 표정으로 윤희를 노려보며 말했다.

"으으, 이런 씨앙. 뭐, 이런 게 다 있어. 야, 너 누구냐?"

"죄, 죄송합니다."

윤희는 얼결에 일어서서 어쩔 줄 몰라 하며 안소니를 바라보았다. 그녀는 허겁지겁 땅바닥에 떨어진 안소니 옷 단추를 주워 들었다.

안소니는 짜증 가득한 표정으로 자신의 뜯어진 옷과 윤희를 번갈아 바라보았다.

"제, 제가 꿰매 드리겠습니다."

안소니의 표정이 차가워졌다.

"됐어."

안소니는 그녀의 손에 들린 단추를 낚아채 돌아서서 휘적휘적 교실 쪽으로 걸어갔다. 윤희는 멍하니 그의 뒷등을 바라보았다. 그러고 보니 낯익은 얼굴이었다. 윤희는 안소니의 뒷모습을 보고서야 상대가 같은 반의 남학생이란 것을 알았다.

호주에서 전학 온 학생. 자신이 이 학교로 오기 불과 몇 달 전에 전학을 왔다고 들었다. 듣기로는 집이 굉장한 부자이고, 명품 스쿠터를 타고 출퇴근한다고 했다. 그 스쿠터 가격만 해도 어마어마하다는 소문도 들었다.

여학생들에게 가장 인기가 있었지만, 언제나 냉소적이고 겨우 연극부에서 활동하는 것이 전부라고 했다. 관심이 있어서 들은 이야기가 아니라 옆에서 여학생들이 하도 떠들어서 저절로 알고 있던 내용이었다.

그러고 보니 냉정하게 돌아서서 가는 모습이 참으로 멋져 보였다. 갑자기 가슴이 두근거리는 것을 느꼈지만, 윤희는 고개를 저었다.

상대가 자신과는 너무 먼 곳에 있는 존재란 것을 알았기 때문이다. 비록 거칠고 어떤 면에서는 과격해 보이기도 하지만 그다지 나쁜 사람 같지는 않았다.

잠시 망설이던 윤희는 안소니가 사리진 교실 쪽으로 발걸음을 옮겼다.

매화처럼

매화처럼

작은 바람에 여린 꽃잎은 수줍게 웃는다.
붉게 달아오른 설렘은,
바람에 파르르 떨다가 치맛자락에 멈춘다.

서로 돌아서서 아쉬운 인연 마주하고 미적거리는 정.

구름 헤치고 드러난 하늘에
송이송이 어리다가 매화처럼 웃는다.

소녀
볼이 익어 빨강물이 들었다가 어느새 봉오리가 되었다.
꽃이 피기 전 그 모습 한없이 순수하고 귀여워라.
너를 보노라면 내 눈이 붉게 물이 들어 흔들린다.

매화처럼
그렇게…….

　　교실 문을 빠끔히 열고 안을 들여다본 윤희는 조금 망설이며
안으로 들어갔다. 안소니가 책상 한 켠에 앉아 찢어진 셔츠를
꿰매려 하고 있었다. 윤희가 교실로 쫓아온 시간을 계산했을
때, 안소니가 바늘과 실을 항상 가지고 다닌다는 것을 알 수 있

었다. 그러나 바느질을 해본 솜씨는 전혀 아니었다. 우선 옷을 입은 채 바느질을 하려고 하는 모습이나 바느질을 하는 모습이 영 엉성했던 것이다.

윤희는 안소니에게 조금 다가선 다음 말했다.

"저, 아까는 죄송했습니다. 제가 꿰매 드리면 안 될까요?"

안소니는 짜증스런 표정으로 윤희를 돌아보았다. 안절부절 못하고 미안해하는 그녀의 모습이 한눈에 들어왔다.

"흠."

안소니는 자신도 모르게 숨을 내쉬었다.

생각해 보니 호주에서 사귀던 교포 여자들 중에 지금 눈앞에 있는 윤희처럼 수줍어하는 여자는 본 적이 없었던 것이다. 그녀들은 모든 면에서 화끈했고, 부끄러움이란 것 자체를 모르고 사는 사람들이었다. 안소니는 자신도 모르게 기분이 조금 풀리는 것을 느꼈다.

"해봐."

"감사합니다."

뭐가 감사한지도 모르고 인사를 한 윤희는 재빠르게 앉아서 안소니가 들고 있는 바늘과 실을 빼앗아 들고 능숙하게 바느질을 하기 시삭하였다.

윤희의 바느질 솜씨를 본 안소니는 다시 한 번 놀랐다. 빠르면서도 꼼꼼할 뿐 아니라 손에 익은 솜씨란 것을 알 수 있었던 것이다.

'요즘에도 바느질을 잘하는 여학생이 있었나?'

신기한 생각에 윤희를 다시 한 번 바라보았다.

'어라, 그러고 보니 이 가시내 제법이네. 살결도 눈부시게 희고 얼굴 윤곽도 상당한 미인형이네. 그런데 뭐 이렇게 말랐어. 얼굴의 그늘은 또 뭐고.'

그렇게 윤희 얼굴을 힐끔거리던 안소니는 잊고 있었던 아주 오래전 기억이 조금씩 가물거리는 느낌을 받았다.

안소니가 아주 어렸을 때 바느질을 하던 누군가의 모습.

안소니의 표정에 아련한 추억 같은 것이 떠올랐다.

한편 안소니의 옷을 바느질하는 윤희는 차차 마음이 안정되자 가슴이 두근거리는 것을 느꼈다. 바로 코앞에서 남자의 숨소리가 들려왔던 것이다. 처음 경험하는 이성의 심장 뛰는 소리도 그녀를 두근거리게 하는 요소였다.

'이러면 안 되는데, 왜 자꾸 가슴이 두근거리지?'

윤희는 안소니의 눈치를 보면서 심호흡을 하였다.

다행히 뭔가 생각에 빠진 안소니는 그녀의 가빠진 숨을 느끼지 못하는 것 같았다.

힐끔 본 귀공자 타입의 안소니, 누가 보아도 호감을 가질 만한 모습이었다.

'후후. 그러고 보니 나는 이 나이가 되도록 남자 한 번 사귀어보지 못했구나.'

쓸쓸한 생각이 들었다.

그렇게 두 사람의 시간은 빠르게 흘러가고 있었다.

"다 된 것 같아요."

"흐흠. 고마워. 그런데 너 우리 반 애 맞지?"

"네."

"그럼 존대하지 마. 내가 무슨 선생님이냐?"

"죄, 죄송해요. 그런 뜻이……."

"또."

"미안해."

"뭐, 여하튼 고맙다."

"아니, 내가 미안했어. 경황 중이라. 그럼, 난 이만……."

윤희는 빠르게 돌아서서 교실 문을 나섰다.

"어어."

갑작스런 상황에 안소니는 윤희의 등을 보며 조금 놀란 표정을 지었다.

그녀가 사라지자 안소니는 고개를 흔들면서 말했다.

"젠장, 꼬리 치는 거 아니었나? 그런데 여자한테 이렇게 무시당해 보긴 난생처음이군."

참으로 묘한 기분이었다.

교실 문을 나선 윤희는 잠시 뒤를 돌아보았다가 빠른 걸음으로 복도를 걸었다.

'그래, 어차피 내 신분으로 어떻게 할 수 있는 아이가 아니야. 난 원조교제까지 했던 계집 아닌가?'

아무리 상황이 어려웠고, 아무 일도 없었다지만, 그 사실 자체가 사라지는 것은 아니었다.

부회장

"젠장."

부회장 유옥선은 기분이 좋지 않았다. 자신이 비록 주인공이 되었지만, 당황한 표정으로 뛰어나가던 여학생의 모습이 아직도 머릿속에 남아 있었다. 여주인공은 그녀가 되어야 한다고 생각했던 것이다.

편하지 않은 마음으로 길을 가던 옥선은 한쪽에서 웅성거리는 학생들을 보고 다가섰다 안색이 굳어졌다.

눈이 하나밖에 없는 한 학생이 많은 학생들에게 소위 다구리를 당하고 있었던 것이다.

"너희들, 뭐 하는 짓이야!"

부회장 소녀가 소리를 지르자, 학기를 비롯해서 외눈박이를 괴롭히던 일진회의 학생들이 '이거 뭐야' 하는 표정으로 부회장을 바라보다 상대가 누구인지 알고는 모두 움찔하였다. 상대가 학교 부회장인 데다 여학생들 짱, 유옥선이었던 것이다.

"너희들, 학생부에 불려가고 싶은 거냐? 그렇지 않으면 당장 사라져!"

앙칼진 유옥선의 고함에 학기를 비롯한 일진회의 학생들이 어슬렁거리며 사라졌다.

그들은 가면서도 외눈박이의 몸을 툭툭 치고 지나갔다. 그들이 사라지고 나자 옥선은 차가운 시선으로 외눈박이를 바라보며 말했다.

"뭐 하는 거야! 빨리 일어서. 못난 자식 같으니."

외눈바이는 주춤거리며 자리에서 일어섰다.

부풀어 오른 뺨이 실룩거리고 있었다.

외눈박이는 흐릿한 시선으로 옥선을 보며 말했다.

"왔구나."

“흥. 빨리 집에나 가. 못난 모습 보이지 말고.”

“미안하다.”

“미안하다는 소리 그만 하고 빨리 집으로 가.”

외눈박이는 맥없이 터덜거리며 집으로 향했다. 그 뒷모습을 바라보는 옥선은 두 손을 불끈 쥐었다가 놓았다.

‘바보 같은 자식.’

자신도 모르게 욕이 치밀어 올랐다가 가슴 속에서 흩어졌다.

문을 왈칵 열고 안으로 들어온 안소니는 기분이 영 언짢았다. 마침 일찍 들어온 아버지가 혼자 앉아 라면을 먹고 있었던 것이다. 모르는 사람이 보았으면 홀아비로 알 것이다.

보나마나 밥이 없었을 것이다. 자신이라면 배달을 시켰겠지만, 유난히 밥을 시켜 먹기 싫어하는 아버지였다. 갑자기 짜증이 치밀어 올랐다.

“젠장.”

“왔냐?”

“왔습니다.”

아버지는 라면 그릇을 치우고 한쪽에 있던 가방을 식탁에 올려놓으며 말하였다.

“오랜만에 일찍 왔는데, 둘이서 한 판 할까?”

"혼자 하세요. 다 큰 어른이 플스 게임이 뭐예요. 차라리 고스톱이나 포커를 치던지."

"그건 도박이잖아."

"그래도 그게 더 어른스럽다고요."

아버지는 머리를 긁적거렸고, 안소니는 자기 방으로 들어가 버렸다.

건달들

터벅거리며 집 앞까지 온 윤희의 표정이 굳어졌다.

"석아, 너 왜 울고 있니?"

윤석은 윤희를 보자 얼른 달려와 안기며 말했다.

"누나, 엄마가 오늘 직장에서 일찍 돌아오시더니 몸져누웠어."

윤희의 안색이 창백하게 변했다. 그렇지 않아도 근래에 건강이 좋아 보이지 않아서 걱정하던 참이었다. 특히 피라미드를 팔기 위해서 너무 늦은 시간까지 무리하는 것을 보고 더욱 걱정하던 참이었던 것이다.

“어디가 아프신데?”

“모르겠어.”

“들어가 보자.”

윤희가 서둘러서 방 안으로 들어갔다.

“엄마.”

윤희는 눈물이 왈칵 솟는 것을 참아야 했다. 방 안에 엄마가 누워 있는데, 얼굴에는 식은땀이 가득했던 것이다. 얼른 보아도 상당히 아픈 모습이었다.

“윤희 왔구나.”

엄마의 맥없는 목소리를 듣자, 윤희는 더욱 안타까운 마음이 들었다.

“어, 엄마, 어디가 아프신 거예요? 많이 아프신 거예요?”

“아니다. 곧 나을 거다. 그것보다 얘야, 오늘이 며칠이냐?”

“12일이에요.”

윤희 말을 들은 엄마의 표정이 암울하게 변하고 있었다.

“유, 윤희야.”

“예, 엄마.”

“너 윤석이 데리고 잠깐 어디 좀 갔다 오너라!”

“어디를요?”

“어디든. 어, 어서.”

다급해하는 엄마 목소리를 듣자 윤희는 갑자기 불안해졌다.

"대, 대체 왜?"

그러나 그 물음에 대한 대답은 엄마에게 들을 필요가 없었다.

'꽝' 하면서 대문을 두드리는 소리가 들렸던 것이다.

윤희와 윤석이 놀라 고개를 돌렸고, 엄마의 얼굴은 딱딱하게 굳어졌다.

"어이, 아줌마. 안에 있다는 거 다 아니까 빨리 문 열고 나오셔, 응?"

윤희가 엄마의 얼굴을 보며 주춤주춤 일어서자, 엄마가 그녀의 손을 잡고 말했다.

"안 된다. 문 열어주지 마라."

"어, 엄마."

엄마 눈에서 물기가 흘러내렸다.

"이 집을 구할 때 얻은 사채 이자를 갚지 못했구나."

그 말에 윤희는 절망적인 표정이 되었다.

"야, 이 쌍, 빨리 문 안 열어! 엉, 빨리 문 열라고!"

우람한 청년들이 윤희네 집 문 앞에서 고함을 지르고 있었다. 그러나 굳게 닫힌 문은 쉽게 열리지 않았다.

"문 안 열어! 문짝 부수어 버린다."

한 청년이 당장에라도 문을 부술 듯한 기세로 문을 흔들어 대었다. 그들의 험한 기세 앞에 윤석을 꼭 안은 윤희는 오들오들 떨고 있을 수밖에 없었다.

엄마가 안타까운 표정으로 두 남매를 보며 말했다.

"미안하구나. 내가 몸만 아프지 않으면 어떻게라도 해볼 텐데. 그놈의 돈이 웬수지. 네 아빠만 살아 있었어도……. 여보. 흐흑……."

결국 울음을 참지 못하는 윤희 엄마였다. 그러자 윤희 품 안에 안겨 있던 윤석이도 울음을 터뜨리고 말았다. 윤희는 더 이상 가만히 있을 수 없는 상황이 되자 이를 악물었다. 지금 이 일에 나설 수 있는 사람은 자신밖에 없다는 것을 안 것이다. 그녀가 벌떡 일어서자, 엄마와 동생 윤석이 놀라 그녀를 바라보았다.

왈칵, 갑자기 대문을 열고 윤희가 앞으로 나섰다. 문 앞에는 험악한 인상의 사내들이 각목을 들고 서 있었다. 윤희는 주눅이 들었지만, 심호흡을 하고는 두 눈을 감았다.

'아버지 저를 지켜주세요.'

조금 힘이 나는 느낌이었다.

윤희는 속으로 기도하며 조폭들에게 다가서서 말했다.

"반드시 갚을 테니까 조금만 시간을 주세요."

사내들 중에 왕년에 씨름 선수쯤 하였을 것 같은 덩치의 사내가 윤희 앞으로 걸어왔다. 윤희는 지금 자신 앞에 선 덩치가 오늘 온 조폭들 중 두목쯤 된다는 것을 알았다.

어디서 그런 용기가 났을까? 윤희는 눈을 돌리지 않고 당당하게 덩치와 마주 보았다. 그것은 아마도 막다른 골목에 몰린 쥐가 고양이에게 덤비는 것과 별로 다르지 않을 것이다.

덩치는 '이거 봐라!' 하는 표정으로 윤희를 보며 말했다.

"시간? 지금 시간이라고 했나?"

"그래요. 제가 어떻게 해서든지 갚을 테니까 조금만 시간을 주세요."

"만약 연장해 주었는데도, 갚지 못하면 니 어쩔래?"

"그땐 뭐든지 시키는 대로 하겠어요."

덩치의 입가에 묘한 미소가 감돌았다.

"너, 뭐든지 한다는 게 무슨 뜻인지나 아나? 이 가시나가, 이거 겁이 없네."

"저, 저도 알 건 다 알 만한 나이에요. 지금 이 상황이면 무엇이든 못하겠어요. 까짓, 몸을 팔라면 팔면 될 것 아니에요."

덩치의 얼굴에 어이없다는 표정이 떠올랐다.

덩치는 갑자기 윤희의 뺨을 후려치며 말했다.

"뭐, 이런 년이 다 있노. 어린 계집이 못하는 말이 없다 아이가."

윤희가 놀라 덩치를 바라보자, 덩치는 한심하다는 표정으로 윤희를 보며 말했다.

"니, 내가 너 같은 젖비린내나 넘보는 개자식으로 보이드나? 아그야, 정신 챙겨라, 잉. 세상이 아무리 글러먹었기로서니 대갈빡에 피도 안 마른 것이 몸이면 다 되는 줄 아냐? 으이그!"

덩치는 다시 한 번 주먹으로 윤희를 쥐어박으려 하다 멈추며 말했다.

"니, 보름이다. 내 위에 형님에게 딱 보름을 벌어줄 텐께 그땐 반드시 이자 만글어 오그라. 이쪽에서 보름이면 참 많은 시간 준그라. 그리 알고."

윤희는 수치스러움에 고개를 푹 숙인 채 눈물을 떨구며 기어 들어 가는 목소리로 대답하였다.

"예, 감사합니다."

덩치가 자신의 뒤에 서 있는 남자들을 보고 말했다.

"애들아, 가자."

그때 조금 얍삽하게 생긴 청년이 앞으로 나서며 말했다.

"형님, 큰형님께서는 오늘 꼭 돈을 받아 오라고 했습니다. 안 되면……."

덩치가 살벌한 눈으로 얍삽하게 생긴 청년을 노려보면서 말했다.

"니가 여기 책임자고, 아니면 내가 여기 책임자고? 욕을 묵어도 내가 묵고, 매를 맞아도 내가 맞는다. 잡소리 말고 빨리 가기나 하자."

"예, 형님. 죄송합니다."

"가자."

덩치의 남자들이 물러서자, 윤희는 그 자리에 주저앉고 말았다. 다리가 풀려서 일어설 수가 없었던 것이다.

형님의 취향

"야, 이 씨발놈아. 네가 감히 내 말을 개무시해?"

"죄송합니다, 형님. 하지만 어떻게, 그 어린 것을 어떻게 잡아오옵니까?"

"그걸 말이라고 하냐? 니가 그리 인정 많으면 와 조폭 하냐? 가서 노가다나 뛰면 될 거 아니가? 사채에 조폭 하는 놈이 이것저것 다 가리면 뭐로 먹고살 거냐? 이 씨발놈아, 말을 해보란 말이다."

독사눈에 인상이 날카로운 행석은 발로 정구의 면상을 걸어차며 고함을 질렀다.

　한 덩치 하는 정구는 뒤로 나가떨어졌다가 벌떡 일어서서 제자리로 돌아오며 말했다.

　"죄송합니다, 행님. 제가 어리석었습니다.

　무릎을 꿇고 있는 정구를 쏘아보며 행석은 아직도 분이 풀리지 않은 얼굴로 말했다.

　"보름 후에 돈 안 들어오면 네가 그년을 직접 이리로 잡아오그라. 알겠나?"

　"예, 형님. 그렇게 하겠습니다."

　행석이 손에 들고 있는 각목을 집어 던졌다. 그의 앞에는 윤희의 집에 몰려왔던 조폭들이 얻어터진 얼굴로 무릎을 꿇고 앉아 있었다. 특히 정구의 얼굴은 엉망이었다.

　행석은 담배를 꺼내 물면서 말했다.

　"거저 준다는 아를 그냥 보내? 멍청한 새끼. 니 큰행님이 여고생 취향인 거 모르나?"

　정구는 얼굴을 붉히며 고개를 숙였다.

　"보름 후에 그년을 데리고 오지 못하면 니는 내 손에 죽는 줄 알아. 더군다나 그년 제법 예쁘다카던데. 하이고, 올 만에 형님에게 짜웅 좀 할 수 있었는데, 이게 뭐꼬."

　정구는 그 소리를 들으며 고개를 숙이고 말았다. 그의 얼굴은 딱딱하게 굳어 있었다.

문득 시골에 남아 있는 여동생 얼굴이 떠올랐다.

지금 고2.

아마도 아까 달동네의 그 여학생이 자신의 여동생과 비슷한 나이일 것이다. 정구는 마음이 무거워졌다.

3. 별이 지나가는 길

갈등

'이제 돈을 모아야 해.'

윤희는 가슴이 거대한 바위에 짓눌리는 기분이었다. 아직 학생인 그녀가 돈을 벌 수 있는 방법은 많지 않았다. 이자에 불과했지만 결코 적지 않은 돈을 보름 만에 벌 수 있는 방법이라면 더 더욱 많지 않았다.

윤희는 눈물 자국으로 엉망이 된 얼굴로 누워 있는 엄마를 바라보았다. 10년은 더 늙어 보였다. 그 옆에 쭈그리고 누워 잠이 든 동생의 모습은 더욱 불쌍해 보였다.

‘결국 다시 그 짓을 해야만 하나?’

망설여진다. 그러나 그녀가 선택할 수 있는 방법은 정해져 있었다. 어차피 제 시간에 돈을 갚지 못하면 무슨 짓을 당할지 모른다.

‘다시 이야기해야 하나?’

윤희는 망설여졌다. 이전에 좋은 아저씨를 만나 무사할 수 있었지만, 이번에 또다시 그런 일이 있을 거라곤 생각할 수 없었다. 자칫하면 자신의 청춘은 그렇게 지워질 수 있을 것이다.

‘시집은 갈 수 있을까?’

생각하다 피식 웃었다. 사정이 급해 원조교제를 생각하는 년이 별생각을 다 한다 싶었다.

‘그래, 아직은 시간이 있으니까. 일단 노력은 해보자. 최후에는 어쩔 수 없다 하더라도.’

윤희의 집 앞 언덕 위에 검은 차 몇 대가 서 있고, 조금 마른 듯한 사내와 남자 몇이 서 있었다.

등교를 하기 위해 윤석의 손을 잡고 집을 나서는 윤희를 유심히 살피던 마른 남자가 말했다.

“저 아이가 그 아이 맞나?”

뒤에 서 있던 덩치 정구가 말했다.

"맞습니다, 행님."

"참으로 야들야들하니 귀엽게 생겼구마. 딱 내 타입 아니가? 행석아!"

마른 남자의 뒤에 있던 행석이 앞으로 나서며 얼른 대답을 하였다.

"예, 형님. 말씀하십시오."

"니가 참으로 좋은 아이 구했구마. 내 기대하고 기다려도 되겠지?"

"걱정 마십시오, 형님."

두 사람의 이야기를 들으며 정구의 표정이 어둡게 변하고 있었다. 위에 두 형님이 결정을 했다면 이젠 돌이킬 수 없는 상황이 된 것이다.

그가 아는 행석은 조직의 대형인 당수에게 잘 보이려면 무슨 짓이든 서슴없이 할 사람이었다. 그것이 경쟁자들을 물리치고 조직의 이인자로 입지를 굳힌 원동력이었던 것이다. 그리고 조직의 보스인 당수 역시 마음에 드는 여자가 있다면 어떤 수단을 동원해서라도 자신의 여자로 만드는 자였다.

'미안하다. 내가 도와줄 수 있는 것이 없구나.'

오늘따라 유난히 동생의 얼굴이 떠오르는 정구였다.

윤석을 등교시킨 후, 무쓸모 고등학교로 향하는 윤희의 표정은 굳어 있었다.

'어떻게 해야 하나?'

아직도 판단이 서지 않은 윤희는 학교가 가까울수록 고민이 깊어갔다.

스쿠터를 타고 가던 안소니는 힘없이 걷고 있는 여학생의 뒷모습을 힐끔 쳐다보았다. 교복이 자신과 같은 무쓸모의 것이었기 때문이다.

그런데…….

'그것참, 뒷모습은 야리야리하네. 하지만 뒷모습 예쁜 여자치고 앞모습도 예쁜 경우는 드문데.'

수컷의 본능적인 호기심이 안소니를 자극하자, 안소니는 반항하지 않고 스쿠터의 속력을 높였다.

휙 하고 지나가면서 윤희의 옆모습을 본 안소니의 얼굴에 '호' 하는 감탄의 표정이 떠올랐다. 여학생의 모습이 생각했던 것 이상으로 괜찮았던 것이다.

그런데 어딘가 낯이 익은 여학생이었다. 그리고 여학생은 심각한 표정으로 고민에 잠겨 있었다.

갑자기 호기심이 생겼다.

"여어, 무쓸모의 여학생인가?"

윤희가 고개를 들었을 때야 안소니는 그녀가 바로 자신의 셔츠를 뜯어놓았던 소녀라는 것을 알았다. 윤희 모습이 막 떠오르는 태양의 후광을 받으며 안소니의 시선 안으로 가득 들어왔다.

안소니의 입가에 '히죽' 하는 미소가 떠올랐다.

"이제 보니 너였구나?"

윤희는 걸음을 멈추고 안소니를 바라보았다.

"그때는 미안했어."

안소니는 상관없다는 표정으로 고개를 끄덕이며 말했다.

"뭘 그런 걸 가지고. 어어……."

말을 하다 보니 윤희는 어느새 돌아서서 학교를 향해 걸어가고 있었던 것이다.

갑자기 자존심이 상하는 안소니였다. 무시당한 느낌이 들었다. 그러고 보니 그때도 자신을 무시하고 갑자기 사라졌던 기억이 났다.

순간, 이상한 자존심이 안소니의 감정을 건드렸다. 스쿠터를 몰고 윤희의 옆으로 바짝 다가서며 은근한 말투로 물었다.

"그 걸음으로 가면 늦을 것 같은데, 내가 태워줄까?"

윤희는 고개를 살래살래 흔들면서 여전히 고민하는 모습으로 걷고 있었다. 자신과 스쿠터는 쳐다보지도 않는다.

윤희는 조금 더 고민하고 싶었다. 그리고 걷는 동안 마음속에 엉킨 슬픔이 조금 가라앉고 있었던 것이다. 그런데 윤희의 그 태도는 다시 한 번 안소니의 자존심에 상처를 남기고 말았다.

야마하 비노 블랙.

스쿠터의 최정상.

가격만 해도 보통 사람들은 컥 하고 놀랄 만한 기곗덩어리가 바로 야마하 비노였다.

스쿠터를 잘 모르는 사람이 보아도 비싸고 세련돼 보이는 비노였다. 준마처럼 잘빠진 모습만 보아도 보통의 여학생들 눈이 가늘어졌었다.

혹여 아닌 척 무시하던 여자들도 막상 '태워줄까?' 하는 말이 나오는 순간 얼굴이 상기되며 마음을 숨기지 못하곤 하였다. 그런데 저 건조하고 전혀 반갑지 않은 표정은 뭐란 말인가?

'그래, 이 계집애가 내 애마를 제대로 보지 못한 것일 거야!'

나름대로 짐작하며 안소니는 윤희 옆에 가서 갑자기 액셀러레이터를 올리면서 요란하게 '부르릉' 하는 소리를 내었다. 마치 '내 스쿠터를 좀 자세히 보란 말야!' 하는 것 같았다.

윤희가 돌아서서 안소니와 스쿠터를 찬찬히 바라보았다.

'옳지, 잘한다. 흐흐. 아무리 대단해도 내 잘빠진 준마를 보면…….'

"제발 나 혼자 있게 해주면 안 되겠니? 나 생각할 게 있거든!"

저 차가운 목소리.

저 쌀쌀맞은 표정.

충격을 받은 안소니는 그 자리에서 얼어버렸다.

이럴 수는 없는 것이다.

야마하 비노의 선택을 단 한 번에 무시할 수 있는 여자가 있다니. 최소한 호기심이라도 보여야 할 것 아닌가? 아니면 정말 어쩔 수 없는 사정이 있다면 아쉬운 표정이라도 보여야 정상 아닌가?

이건 수치였다.

거절당한 녕품 비노가 울고 있는 것만 같았다.

아마도 태어나서 처음 있는 일일 것이다.

집으로 돌아온 안소니는 숨이 찼다.

다시 생각해도 어이가 없었다.

화가 난다.

있을 수 없는 일이다.

지금까지 만난 수많은 여자들 중에 과연 자신의 친절을 거절한 여자가 있었던가? 없었다. 더군다나 자신의 애마까지 사용하고도 거절을 당했다. 아니, 개무시를 당했다. 이건 있어서는 안 되는 일이었다.

윤희를 생각하자, 짜증이 확 치밀어 올랐다.

"으아아악."

고함을 질러도 분이 풀리지 않았다.

난생처음 무시를 당한 안소니의 기분은 말 그대로 엉망이었다.

'꽝' 하는 소리가 들리면서 안소니의 방문이 왈칵 열리고 아버지가 놀란 표정으로 들어오며 물었다.

"무슨 일이냐? 너 무슨 일이 있는 것이냐?"

"아무것도 아니니까 신경 쓰지 마세요."

안소니는 씩씩거리며 대답을 하고 고개를 확 돌리다가 갑자기 다시 돌아섰다.

그의 시선은 아버지 손목에 걸린 시계에 있었다.

안소니의 눈이 반짝였다.

'그래, 네년이 내 시계를 보고도 냉정한지 보겠다.'

다음 날 안소니는 교실 문 앞에 등을 기대고 느긋하게 서 있었다. 그는 무엇인가 심각한 표정을 짓고 있었으며, 한 손으로는 턱을 받치고 있었는데, 교복 셔츠의 옷소매 단추를 끌어놓아 자연스럽게 소매가 흘러내려 가도록 해놓았다.

흘러내린 옷 위의 손목에는 로렉스 시계가 어두운 복도와 교실을 밝히고 있는 전등의 불빛을 받아 별처럼 반짝이고 있었다. 척 보아도 비싸 보이고 고급스러워 보였다.

지나가던 학생들이 안소니가 손목에 차고 있는 시계를 보고 수군거렸다. 비록 자신들이 가지고 있지는 못하지만 인터넷을 통해 보았던 명품이 그들의 시선을 현혹하고 있었던 것이다.

"저게 로렉스라며?"

"물에 넣어도 안에 습기가 안 찬다는 그거?"

"가격이 얼마나 되는 거야?"

"삼천은 족히 될걸."

"역시 럭셔리 귀공자 안소니답다."

"너무 멋지지 않니?"

"정말 잘 어울린다."

"그보다도 저 심각한 표정은 정말 너무 멋지다."

남학생들의 질투 가득한 시선에도 황홀한 표정으로 자신을 보고 수군거리는 여학생들의 목소리를 들으면서도 안소니는 표정의 변화가 없었다. 여기저기서 들리는 소리를 못 들은 척하고 있지만 안소니는 아주 만족해하고 있었다.

'그래, 그렇지. 그래도 명품을 보는 눈들은 있구나. 하긴 요즘은 인터넷을 뒤지면 없는 것이 없으니. 그런데 얘는 대체 왜 안 와.'

다시 한 번 은근히 짜증스런 안소니였다.

안소니가 기다리고 있다는 것을 알았을까? 실눈을 뜨고 보니 복도 저쪽에서 걸어오는 윤희의 모습이 언뜻 보였다. 안소니는 더욱 심각한 표정으로 시계가 잘 보이도록 자세를 만들었다.

이윽고 윤희가 자신의 근처까지 다가오는 것을 느낄 수 있었다. 안소니는 자신도 모르게 긴장이 되었다. 그리고 긴장하는 자신을 보여 당황스러웠다.

'뭐, 뭐야. 내가 왜 긴장하는 거지? 겨우 저런 계집애 때문에.'

안소니는 다시 한 번 자존심이 상하는 것을 느꼈다.

세상 어느 여자 앞에서도 긴장하지 않았다.

아니, 긴장은커녕 심심하기만 했다.

호흡을 다듬고 다시 자세를 잡을 때 윤희는 바로 앞까지 다가와 있었다. 그런데 윤희는 안소니를 본 척도 하지 않고 지나가려 하지 않는가?

안소니는 슬쩍 시계를 돌려 시계를 비추고 지나가는 전등 불빛이 윤희의 얼굴로 가게 하였다.

'네가 이렇게 해도 안 볼 거냐?'

윤희의 걸음 소리가 멈추었다.

윤희는 자신의 눈을 시리게 하는 빛을 한 손으로 가리면서 안소니를 바라보았다.

무엇인가 생각에 잠긴 듯한 모습.

진중함과 럭셔리함.

갑자기 가슴이 뛰는 것을 느꼈다.

윤희의 시선이 안소니의 손목에 멈추었다.

참으로 예쁘고 품위있어 보이는 시계가 그녀의 시선 안에 가득 들어찼다. 시계에 박힌 보석들이 윤희의 눈을 자극했다.

실눈을 뜨고 윤희를 보는 안소니는 희심의 미소를 지었다.

'그럼 그렇지. 너도 여자인데. 이 시계를 보고 안 놀라면

되나.'

안소니는 표정에 조금씩 만족함을 띠고 있었다.

윤희는 갑자기 반발심이 드는 것을 느꼈다.

'저 시계에 달린 보석 하나면 모든 일이 해결될 텐데.'

그렇게 생각하자 시계가 미워졌고, 그녀의 표정도 냉랭하게 변했다.

안소니는 자연스럽게 눈을 뜨며 말했다.

"이제 오냐?"

"응."

"좀 늦은 것 같다."

"응."

두 번의 쌀쌀 맞은 대답과 함께, 윤희는 획 돌아서서 다시 교실로 걸어들어 가고 안소니는 몸을 부들부들 떨며 윤희의 뒷모습을 멍하니 바라보았다.

이럴 수가?

이런 일이 일어날 수가 있는가?

갑자기 화가 확 치밀어 올랐다.

"야!"

윤희가 돌아서서 안소니를 바라보았다.

'넌, 계집애가 눈도 없냐? 내 손목에 찬 시계가 로렉스란 것

도 모르냐? 좋은 물건을 봤으면 감탄을 해야 하는 거 아니냐?'

소리를 지르고 싶었지만, 그건 입속으로만 하는 말이었다. 그리고 그 말 대신 엉뚱한 말이 나오고 말았다.

"치마에 얼룩이 졌잖아. 무슨 계집애가 그런 것도 못 보냐? 칠칠맞게."

말하고 나서 아차 했지만 이미 나온 말이었다.

주워 담을 수가 없었다.

그런데 말을 하고 보니 진짜, 윤희의 치맛단이 얼룩져 있었다. 경황 중이라 윤희가 보지 못한 얼룩이었다. 반의 모든 친구들이 윤희를 바라보았다. 윤희의 표정이 더욱 쌀쌀해졌다.

"남이야! 네가 무슨 상관이야!"

고함을 치듯 말하고 윤희는 자신의 자리로 가버렸다.

안소니는 그 자리에 주저앉고 싶은 것을 겨우 참았다.

'뭐, 이런 개 같은 경우가 다 있냐? 그런데 저 계집애는 정말 여자 맞나? 어떻게 여자가 반짝이는 보석을 싫어할 수 있단 말인가?'

아무리 생각해도 납득할 수 없는 안소니였다.

"오냐? 오늘은 네년의 코를 반드시 눌러주고 말겠다."

작정을 한 안소니는 루이비통 가방에 몽블랑 만년필, 로렉스 시계는 물론이고 신발과 허리띠까지 명품으로 치장을 하였다. 그리고 아르마니 정장에 샤넬 향수까지.

교복이야 가방에 넣어가서 나중에 갈아입으면 될 것이다. 아니면 교복이 찢어져서 할 수 없이 교복 대신 정장을 입고 왔다고 하면 그만이다. 이 정도라면 그 누구라도 기가 죽고 말 것이다.

홧김에 스쿠터를 때려 치고, 할리데이비슨으로 무장을 하였다. 학생이라 아직은 할리데이비슨을 타고 다닐 수 없었지만, 오늘은 특별한 날이었다.

정장에 헬멧을 쓰고 할리데이비슨을 탄 남자라면 어떤 교통경찰도 함부로 잡진 않을 것이다.

"오냐, 이 계집애. 네가 오늘도 감탄을 하지 않는다면 내가 안소니가 아니라 아임 소리다."

안소니는 이를 부드득 갈아붙였다.

골목길에서 껌을 쩍쩍 씹고 있는 여자가 윤희를 내려다보고 있었다. 1미터 80은 될까? 얼핏 보면 남자보다 더 우람하고 힘 있게 생긴 모습이다. 바로 동대문 흑장미파의 여두목인 일명 왕언니였다.

원조교제를 결심하고 전에 다니던 학교 친구인 정혜를 찾아 갔었다. 보통 인터넷을 통해 원조교제를 하는 것이 다반사지만 그녀는 그렇게 할 용기가 나지 않았다. 그래서 그 방면에 경험 이 많은 정혜에게 사정을 이야기하고 도움을 요청했던 것이다. 그때 정혜가 소개한 것이 바로 왕언니였다.

문득 처음 왕언니를 만났던 때가 생각났다. 당시 너무 무서 워서 오들오들 떨고 있는 윤희를 왕언니는 다정하게 다독거려 주었다. 세 시간이나 함께 수다를 떨며 원조교제에 대한 두려 움을 떨쳐 버릴 수 있었다.

왕언니는 담배를 길게 뿜어내면서 말했다.

"딱 한 번이면 된다더니 또 온 거냐?"

"죄송해요."

"죄송은 무슨. 나야 조금이라도 수수료를 받으니까 좋지. 하 지만 넌, 학생이다. 이런 데 자주 오지 마라!"

"예."

"그래 오늘도 절박한 사정이 있는 것이냐?"

윤희는 고개를 끄덕였다.

물기 어린 윤희의 눈을 한동안 바라보던 왕언니는 고개를 끄덕이며 말했다.

"사정을 이야기할 필요는 없다. 잠시만 기다려라."

왕언니는 품 안에서 수첩을 꺼내 펼쳐 들었다. 잠시 수첩을 훑어본 왕언니는 무엇인가 생각이 난 듯 윤희를 보며 물었다.

"너 아직 숫처녀지?"

"네."

왕언니에게서 잠시지만 안타까운 표정이 스치고 지나갔다.

"얼마나 필요한 것이냐?"

"좀 많이요."

"그게 얼마인데?"

윤희는 자신이 필요한 돈을 말했다.

"제법 많은 돈이군. 좀 힘들지만 한 번에 끝낼 수 있는 방법이 있는데, 해보겠니?"

윤희는 고개를 끄덕였다.

어차피 하는 것이다.

"으으."

안소니는 입으로 거품이 나오는 기분이었다.

학교에 딱 들어오자, 모든 학생들의 입이 딱 벌어졌다.

그때까지만 해도 기분이 정말 좋았다.

우선 시간을 계산해서 윤희가 오는 시간보다 10분이나 늦게 학교에 도착했다. 자신이 당당하게 들어오는 모습을 보라고 시간 여유를 둔 것이다.

할리데이비슨이 위풍당당 교문 안으로 들어서는 순간 학교는 난리가 났다. 전교생이 창문 밖으로 자신을 보고 있다는 것을 알 수 있었다. 그리고 시간이 지날수록 소란은 커졌다.

'지켜보는 시선 중에 윤희 그 계집애도 있겠지.'

당연히 있을 것이다.

지금쯤이면 눈을 소양호보다 크게 뜨고 자신을 지켜보고 있을 것이다. 당연히 그래야만 했다.

그 기분을 즐기며 안소니는 느긋하게 학교 운동장을 가로질러 주차장으로 간 다음 할리데이비슨을 세웠다.

교실 복도를 걸어갈 때, 입에 거품을 무는 여학생들의 모습을 보며 더욱 가우대를 세운 안소니의 발걸음은 그 어느 때보다 가벼웠다.

'교실에 들어가서 가방을 그 계집애 앞에 탁 놓으면서 그냥 모르는 척 인사를 하는 거야. 그럼 그 계집애 주눅이 들고 말겠지. 아! 루이비통이란 이름이 잘 보이도록 해야겠지. 흐흐.'

생각만 해도 신이 났다.

모든 학생들의 시선을 뒤로하고 교실 문을 활짝 연 안소니의 시선이 사방을 한 번에 쓸고 지나갔다.

"오오!"

반 학생들의 감탄사가 안소니를 더욱 즐겁게 하였다. 그러나 사방을 획 돌아본 안소니의 표정은 딱딱하게 굳어지고 말았다.

그 얄미운 계집애가 안 보였던 것이다.

'이런 개 같은……'

겨우 분노를 참고 윤희를 기다렸다.

화가 나서 교복도 갈아입지 않은 채.

그리고 두 시간이 지난 지금까지 윤희는 나타나지 않았다. 그가 어찌 알겠는가? 지금 가난한 소녀는 자신을 팔아 엄마 약 값과 이자를 마련하려 하고 있다는 사실을.

'결석이라니. 쌍, 나에게 허락도 없이 결석이라니. 얼마나 준비를 하고 왔는데.'

안소니는 울고 싶었다. 정장으로 학교에 왔다고 교무실에 끌려가 갖은 욕을 다 먹은 걸 생각하니 다시 한 번 이가 갈렸다. 끈질기게 버티고 결국 오늘 하루만 정장 차림으로 공부할 수 있는 특권을 얻었지만, 그것도 다 공염불이 되고 말았다. 억울했다.

분하다.

원한이 쌓여간다.

안녕, 나의 청춘

　방 안으로 들어간 윤희의 표정이 굳어졌다. 바싹 마른 남자가 사각 팬티 하나만 입고 앉아 있었던 것이다. 한눈에 보아도 변태 끼가 좔좔 흐르는 남자였다. 윤희는 오싹하는 느낌이 들었다.

　남자는 윤희가 들어오자, 벌떡 일어서며 말했다.

　"자자, 이리 와서 앉거라! 겁먹지 말고."

　윤희는 그 말을 듣는 순간 갑자기 눈물이 왈칵 하고 나올 뻔하였다. 온몸에 소름이 확 돋았다.

　문득 안소니의 모습이 떠올랐다.

　그리고 그의 모습이 산산이 부서졌다.

　'안녕, 나의 청춘.'

　윤희는 모질게 마음을 먹고 말했다.

　"저저, 먼저 주세요."

　"아, 알았다. 알았어."

남자는 얼른 준비한 돈을 윤희에게 주었다.

"내 지금 일부 주고 이따 갈 때 마저 줄게. 그래야 형편이 맞지. 그렇지 않겠나?"

윤희가 고개를 끄덕이자, 남자는 다시 서두르며 말했다.

"내 정말 많이 기다렸다. 어서 여기 앉아라! 겁먹지 말고. 내가 시키는 대로만 하면 된다."

남자의 말을 들은 윤희는 오히려 더 겁이 났다. 윤희가 조금 굳은 얼굴로 자리에 앉자, 남자는 서둘러 일어선 다음 사각 팬티를 내리려 하였다.

그때 '똑똑' 하는 소리가 들려왔다.

화가 난 남자가 고함을 질렀다.

"뭐, 뭐냐?"

"룸서비스입니다."

아줌마 목소리에 남자는 문을 열고 밖을 내다보았다. 그때 시퍼런 칼 하나가 그의 목에 닿았다. 남자는 기겁을 하였고, 칼을 손에 든 정구는 다른 한 손으로 남자의 머리카락을 움켜쥐고 작은 목소리로 말했다.

"죽고 싶지 않으면 잠시 나와라!"

남자는 잔뜩 겁에 질린 표정으로 나왔다. 정구는 자신의 뒤에 있던 수하들과 함께 윤희에게 들키지 않도록 조심스럽게 남자를 밖으로 끌어내었다.

변태 남자는 겁에 질려 부들거리고 있었다.

"네놈이 감히 큰 행님의 여자를 건드릴라카나? 니 죽고 싶지? 확 거시기를 잘라 부릴까?"

정구의 살벌한 분위기에 남자는 완전히 얼어붙었다.

세 시간이 지났다.

안소니는 폭발하기 일보 직전이었다.

"대체 이 계집애가 미쳤나? 왜 안 오고 지랄이야. 더군다나 다음은 담임 선생님 시간인데."

은근히 약도 오르고 조금씩 걱정도 되었다.

'혹시 교통사고라도? 아니다. 그 독한 년이 겨우 교통사고라니. 그럼 뭐야? 왜 안 오는 거야? 어라, 지금 내가 그 계집애를 걱정하는 것인가? 하하. 아니겠지.'

안소니의 입가에 냉소가 걸렸다. 그런데 그의 시선은 여전히 윤희의 빈자리에 못 박혀 있었다.

윤희는 남자가 나가서 안 들어오자, 멍하니 문밖을 바라보았다. 아무리 기다려도 남자는 오지 않았다.

무슨 일인가 싶었지만 그녀가 알 길이 없었다. 결국 그녀는 밖으로 나와 남자를 찾았지만, 남자는 어디에도 없었다. 다시 방으로 돌아오던 윤희는 방 문 앞에 떨어져 있는 쪽지를 보았다.

급한 일이 있어 오늘은 그냥 간다.

윤희는 안도의 숨을 내쉬었다.
오늘도 무사히 지나간 것이다.

안소니의 결정

"이거 뭐야? 정말 안 오는 거야?"
자신도 모르게 중얼거리며 서성이는 안소니의 표정은 일그러져 있었다.
그냥 가기에는 아침부터 준비한 것들이 너무 억울하다. 수업은 이미 끝났고, 그래도 혹시나 하는 마음에 기다렸지만, 윤희는 오지 않았다.
갑자기 불안해졌다.

'정말 무슨 일이 생긴 것 아닌가?'

긴장된다.

'이런 제길, 내가 왜 그년을 걱정하는 거지? 에이, 그냥 잊자, 잊어.'

안소니는 그렇게 말하면서 자리에 털썩 주저앉았다.

까짓, 잊으면 그만이다.

별것도 아닌 계집애 때문에 신경 쓰는 자신이 오히려 우습게 여겨졌다.

원조교제로 번 돈을 손에 꼭 움켜쥐며 걷고 있는 윤희는 눈물이 나오는 것을 겨우 참고 있었다.

'나는 더러운 년이다. 더럽게 돈을 번 거야!'

자조하고 또 자조했지만 마음은 무겁기만 했다.

그렇게 걷고 있는 윤희 눈에 멍하니 서 있는 한 아저씨가 들어왔다. 오십 넘은 나이에 약간 머리가 벗겨진 그 아저씨는 무거운 가죽 가방을 옆에 끼고 순댓국집 앞에 서 있었다.

무척 배가 고픈 표정.

아마도 돈이 없는 것 같았다.

그냥 지나치려던 윤희는 갑자기 아빠 생각이 나서 걸음을 멈추고 말았다.

주머니에 오늘 받은 돈이 손에 잡혔다.

그렇지 않아도 모자라는 돈이었다.

윤희는 슬쩍 지나쳐 가려 하였다.

꼬르륵.

아저씨 배에서 들리는 소리가 분명했다.

윤희는 콧날이 시큰해지는 것을 느꼈다.

배가 고파본 자만이 배고픈 자의 서러움을 안다.

병국은 배가 고팠다.

그렇다고 뭔가 먹고 싶은 것은 아니었다.

돈이 없는 것은 더 더욱 아니었다.

오늘 보너스로 받은 돈만 해도 수표로 몇백 만 원이나 되었다. 어차피 마누라가 버는 돈에 비하면 푼돈이고, 집에서는 관심도 없는 돈이었지만, 병국에게는 정말 힘껏 일해 번, 소중한 돈이었다.

갑자기 나는 구수한 냄새에 병국은 걸음을 멈추었다.

그의 시선이 허름한 순댓국집 앞에 멈추었다.

배는 더욱 고파졌지만, 식욕은 더욱 없어졌다. 아주 오래전 기억이 순댓국 냄새와 함께 그의 머릿속에서 얽히고 있었다.

다정했던 마누라가 정성을 들여 만들어주었던 순댓국.

그때는 정말 행복했다.

그녀의 친정 식구들이 갑작스레 교통사고로 죽으면서 그녀가 할아버지의 재산을 물려받기 전까지는 그랬다. 다시 그 시절로 돌아가고 싶었지만, 불가능하다는 것을 그는 너무 잘 알고 있었다.

갑자기 눈물이 핑 돌았다.

그때였다.

"아저씨, 안녕하세요?"

병국은 놀라서 돌아섰다.

아직도 그의 눈에는 눈물이 글썽했다.

윤희는 자신도 모르게 가슴이 뭉클해졌다.

'세상에 얼마나 배가 고팠으면 눈물까지.'

아저씨가 너무 불쌍해 보였다.

그런 사람이 자신을 불러서 돈을 지불하고 함께 게임을 했다면, 얼마나 외로운 사람일까? 어렵게 마련한 돈일 텐데 사람과 어울리는 데 아낌없이 투자했을까? 그 기분을 이해할 수 있을 것 같았다. 자신 또한 가난이란 이유로 외톨이가 아닌가.

병국은 윤희를 금방 알아보았다.

"너, 넌……. 그때 그 아이구나."

"예. 아저씨 제가 순댓국 한 그릇 사드릴까요?"

그 말을 듣고 병국은 놀라 윤희를 바라보았다.

"마침 돈이 조금 있거든요. 갑자기 아빠 생각이 나서요. 그러니 부담 갖지 마세요."

걱정 가득한 눈.

병국은 가슴이 뭉클해 왔다.

누군가가 자신을 걱정해 준 것이 언제였던가? 기억도 나지 않는다. 그녀가 돈을 가지고 있다면 어떻게 번 돈인지 알 수 있었다. 병국이 본 그녀는 결코 좋아서 그런 짓을 할 소녀는 아니었다.

필시 그럴 만한 이유가 있을 것이고, 그만큼 어렵게 번 돈이리라.

'나 돈 있다.'

하려던 말을 가슴속에 넣어두고 말했다.

"그래도 될까?"

"그럼요. 되고말고요. 우리 함께 들어가요."

"어험……."

병국은 못 이기는 척하고 윤희를 따라 안으로 들어갔다. 갑자기 그녀에 대한 호기심이 치밀어 올랐다.

"크아악."

안소니는 헐크 같은 얼굴로 자리에서 벌떡 일어섰다.

벌써 한 시간.

절대 그녀를 생각하지 않겠다고 내내 다짐하다 보니 그게 결국 그녀에 대한 생각이었다.

그것을 깨닫는 순간 화가 한꺼번에 치밀어 올랐다.

"멍청한 계집애가 어디서 길을 잃은 것은 아니겠지?"

생각해 보니 애도 아니고 길을 잃진 않았을 것이다.

"그럼, 어디 아픈가?"

그 가능성이 가장 컸다. 그렇지 않아도 아파 보이는 모습 아닌가? 쓰러지거나 했을 것 같았다.

"멍청하면 건강이라도 해야지. 계집애가 그렇게 쌀쌀하니까 건강도 도망을 가지. 확 쓰러진 김에 다시는 내 눈에 보이지 말아……."

말을 하다 보니 그게 아니었다.

안 보이면 어떻게 그 계집의 콧대를 꺾는단 말인가? 생각해 보니 오늘이 아니면 그것도 힘들다. 선생님한테 내일부터는 절 내로 정상으로 학교 오는 일은 없을 것이라고 말했던 것이다.

분위기를 보니 다음에 또 오늘 같은 옷차림에 할리데이비슨을 타고 가면 당장 부모를 대령하라고 할 기세였다.

이래저래 꼬인다.

윤희는 눈가의 물기를 닦아내었다. 아무에게도 말하지 않았
던 이야기를 하고 나니 가슴이 조금은 후련해졌다.

"허허, 그랬구나. 그래서 그런 것이었구나."

사정을 안 병국은 그녀가 불쌍했다. 그리고 자신을 희생해서
동생과 엄마를 돌보려는 그녀의 모습이 가상해 보였다. 그러고
보니 자신에게는 가족이 있었던가? 외국에서 돌아온 후에도 변
변히 말 한 번 제대로 못한 아들과 언제나 자신을 무시하는 아
내.

있기는 있었다. 서로를 가족이라 생각할까? 그건 병국도 자
신할 수 없었다. 그렇게 생각하고 보니 비록 가난하지만, 자신
을 희생해서라도 가족을 지키려고 애쓰는 눈앞의 소녀가 대견
스러웠다. 그리고 다행이라면 그녀에게 아직 불행한 일이 벌어
지지 않았다는 것이다.

'그랬구나. 그런 돈으로 나에게 순댓국을 사주다니.'

새삼 자신이 얼마나 불쌍해 보였으면 하는 생각이 들었다.
콧날이 시큰해지자, 갑자기 화장실을 가고 싶어진 병국이 자리
에서 일어서며 말했다.

"내 잠시 화장실 좀 갔다 오마."

"네, 다녀오세요."

잠시 후, 화장실에서 세수까지 한 병국은 다시 그녀의 앞에 나타나 순댓국을 정말 맛있게 먹어치운 다음 품 안에서 봉투를 꺼내 들며 말했다.

"내가 가진 것은 이거밖에 없지만, 이거라도 가지렴. 내 마누라와 함께 보고 싶은 영화였는데, 동생하고 같이 보거라!"

윤희는 병국이 내민 봉투를 받아 들었다.

하얀 봉투 안으로 들여다보이는 것은 영화표였다.

얼핏 보니 이번 주말에 볼 수 있는 영화표 같았다.

"이번 주 일요일이란다. 시간 나면 보거라. 대신 내가 주는 것이니 다른 사람 주지 말거라."

정말 어렵게 구한 표일 것이다.

두 장이면 지금 먹은 순댓국보다 비쌀 것이다.

"그…… 그렇지만, 그건 아저씨가 다른 사람이랑 보려고 끊은 표잖아요."

병국은 고개를 흔들었다.

"어자피 그 사람과는 함께 볼 수 없단다. 그래서 수는 것이니 부담 갖지 말거라. 그 영화 재미있다고 들었다."

정말 보고 싶었던 영화였다.

생각해 보니 자신은 영화관에서 영화를 본 적이 한 번도 없었다. 언젠가는 꼭 가야지 하는 생각을 가졌지만, 그녀에게 영화관에 갈 수 있는 돈은 언제나 없었다.

잠시 망설이던 윤희가 영화표가 든 봉투를 받아 들면서 인사를 하였다.

"감사합니다."

"그래, 이제 이 봉투 안의 것은 전부 네 것이다. 재미있게 보거라! 오늘 순댓국은 평생 잊지 않겠다."

"아저씨."

정말 고마운 분이었다.

"허허. 나도 기분이 좋구나."

정말 기분 좋게 웃는 웃음이었다.

윤희도 마음이 편안해졌다.

'부다당' 하는 소리가 들리면서 할리데이비슨의 육중한 기체가 아스팔트 위를 달리고 있었다.

'제길, 내가 뭐 하는 것이냐?

자신의 모습이 한심했다.

겨우 계집애 하나 기다리며 두 시간을 넘게 허비한 것도 열받는데, 결국 이리저리 알아보다 담임한테까지 찾아가서 그녀의 주소를 알아낸 것도 그렇다. 그리고 지금 자신은 그녀의 집을 향해 가고 있는 것이 아닌가?

'설마 그 계집애가 걱정돼서?'

말도 안 된다.

'그렇지, 그건 말도 안 돼. 맞아. 나는 오늘 준비해 온 것으로 그녀의 코를 확 뭉개 버리기 위해서 가는 거야. 암, 그렇고말고.'

생각해 보니 그것은 당연했다. 오늘이 아니면 다시는 이런 기회가 없을 것 아닌가? 그렇게 생각하며 안소니는 씨익 웃었다.

바람이 그의 곁을 세차게 스치고 지나갔다.

저무는 태양이 건물들 틈에서 맴을 돌다 황금빛으로 산란하며 부서지고 있었다.

길가로 수많은 사람들이 스쳐 간다.

그들의 모습은 마치 밤하늘을 지나가는 별들 같았다.

아쉽다면 그 별들 사이에 자신이 보고자 하는 별이 지금은 없다는 것이다.

'후후. 나는 별을 찾아가는 나그네인가?'

아주 운치있는 생각이라고 자위하며 오토바이의 액셀러레이터를 끌어 올리는 안소니였다. 그러나 그의 낭만은 거기까지였다.

　물어물어 간 산비탈의 황톳길은 서울에 이런 곳이 있으리라
고는 생각지도 못한 그런 길이었다. 결국 할리데이비슨을 세우
고 걸어 올라가야만 하는 길이 그를 기다리고 있었다.
　'안 되는데, 가지고 가서 자랑해야 하는데.'
　안소니는 억울해서 울고 싶은 심정이었다.

　그 시간 언덕 위에 선 윤희는 하늘을 올려다보고 있었다.
　지금까지 지나온 시간이 모두 아득하기만 하였다.
　문득 오만해 보이는 안소니의 모습이 떠오른다.
　무엇인가 고민 가득했던 그의 모습과 별처럼 그렇게 빛나던
손목의 시계가 떠오른다.
　다시 생각해도 정말 잘 어울리는 모습이었다.
　그 모습은 그녀의 머릿속을 맴돌다 가슴속에 맺혔다.
　그 눈부신 모습을 생각하면 자신은 한없이 초라해졌다.
　하늘과 땅만큼의 차이를 느꼈다. 그러나 지금 그녀가 안소니
를 생각하는 것은 그녀만의 자유.
　'그래, 이렇게 상상만이라도 하는 거야. 어차피 이 공간은 나
의 것이니까.'
　그녀의 상상은 천천히 날개를 펴고 있었다.
　멀리서 기차 지나가는 소리가 그녀의 귓가에 맴을 돌고 있었

다. 그녀의 하늘엔 지금 별이 가득 뜬 채 기차 울음소리에 묻혀 흘러가고 있었다.

황혼을 가득 안고 빛을 잃어가는 밤하늘이 점차 그녀의 꿈과 상상을 받아 꿈틀거린다.

언제인가 인터넷에서 보았던 이름없는 시인의 시가 떠올랐다.

사랑의 시작

바람이,
하얀 하루를 여는 새벽.

아릿한 설움 같은 그 시간.

가슴속 작은 웅덩이에,
늦은 별비가 내린다.
너의 파문이 동그랗게 번지며,
원으로, 원으로 가다가 멈춘 곳.

가장 늦게 떠서,
가장 늦게 지는 별처럼.

내 가난한 생에
단 하나의 보석으로 네 이름을 적었다.

아릿한 아픔으로.

4. 하늘의 천

명품과 푸세식

"젠장, 대체 이런 곳에서 사람이 어떻게 살고 있는 거야."

안소니는 입에 단내가 나는 것을 느끼며 화를 내었다.

당장 돌아가고 싶었지만, 그러기엔 지금까지 기울인 노력과 시간이 너무 아까웠다. 이리 묻고 저리 물어 달동네 판자촌까지 겨우겨우 찾아온 안소니였다.

길모퉁이를 돌아 앞으로 가던 안소니는 혀가 입 밖으로 나오는 것을 겨우 참아야 했다.

'이제 거진 다 온 것 같은데.'

생각을 하며 고개를 든 안소니는 걸음을 멈추었다. 막 산 위 언덕에서 내려오던 윤희 역시 놀라 걸음을 멈추고 안소니를 바라보았다. 설마 여기서 안소니를 볼 줄이야. 그것도 하필이면 바로 자신의 집 앞에서.

안소니는 갑자기 윤희가 나타나자 조금 당황했지만, 특유의 미소를 지으며 투덜거렸다.

"반갑다. 드디어 찾았네! 제길, 힘들어서 죽을 뻔했다."

윤희의 얼굴이 붉어졌다.

자신의 치부를 보인 것 같은 느낌이 들었던 것이다.

바로 옆이 자신의 집이지만 그걸 안소니가 알게 할 순 없었다.

"여긴 웬일이야?"

"아아, 선생님이 말이지, 한번 찾아가 보라고 하더라고."

역시 거짓말은 어색하다. 그러나 끝까지 표정을 유지하는 안소니였다.

'잘한다, 안소니. 넌 역시 연극부 자격이 있어.'

스스로를 칭찬하며 윤희의 표정을 살폈다.

윤희는 자신의 가난이 창피했다.

자신의 집을 보여주고 싶지 않았다. 안소니에게는 더욱 그렇다. 그렇기에 지금 이곳까지 찾아온 그가 반갑지 않았다.

윤희는 자신도 모르게 얼굴이 쌀쌀해졌다.

"별일 없었어. 그러니 그냥 돌아가. 내일은 학교에 나갈 거니까."

안소니는 다시 한 번 울컥하고 말았다. 죽어라 하고 고생해서 찾아왔는데, 목적을 이루기도 전에 가라니. 그럴 수는 없었다.

더군다나 그냥 가라니.

안소니 생전 여자에게 이런 말을 들은 적은 당연하게도 한 번도 없었다. 아니, 상상도 하지 못했다.

역시 만만한 계집이 아니다.

지금까지 알아왔던 수많은 여자들하고는 애초부터 다르다.

"그럴 순 없지. 여기까지 왔는데, 그냥 가라니. 너 좀 심한 거 아니냐? 그리고 넌, 네가 왜 결석을 했는지도 말 안 했잖아."

윤희 얼굴이 붉어졌다. 뻘쭘한 짓으로 돈 버느라 학교 못 같다는 말은 할 수 없었다. 절대로.

"어, 엄마 병간호하느라……."

"그래? 많이 아프시니? 약이라도 좀 드셨어?"

윤희는 안소니를 보며 다시 얼굴을 굳혔다.

'약 살 돈이라도 있으면 좋겠다. 창피하게 여기까지 찾아오고.'

“뭐, 그럭저럭.”

안소니는 다행이라는 표정으로 웃으면서 말했다.

“험, 여긴 내 할리데이비슨을 세울 곳이 없더라. 하필이면 그 무식한 놈을 끌고 왔을 때, 이곳에 오게 될 줄이야 누가 알았나. 밑에 세우고 오느라 고생 좀 했다. 하하.”

할리데이비슨이라는 말에 힘을 주며 소매를 걷고 손바닥으로 얼굴을 닦으면서 로렉스 시계가 윤희의 눈에 잘 보이도록 모션을 취하는 안소니였다.

그러나 윤희의 표정은 시큰둥하기만 했다. 할리데이비슨이 뭔지 전혀 모르겠다는 표정이었고, 손목의 시계에는 관심도 없는 것 같았다.

“워낙 산동네라서. 고생했겠다.”

“뭐, 구불구불 좁은 골목길로 연결되어 있는 게 제법 예술적이던데. 정말 독특하더라. 한국에도 이런 곳이 있었다니, 난 처음 알았어. 덕분에 내 아르마니 정장이 땀에 젖고 말았네. 하하.”

역시 아르마니라는 말에 힘을 주었다.

세계 삼대 명품 중 하나인 아르마니.

그 어마어마한 명성과 가격.

현대를 살아가는 문명인이라면 당연히 알고 있을 브랜드였다. 그러나 윤희의 표정은 여전히 시큰둥하다. 아르마니가 뭐

하는 것인지 전혀 모르겠다는 표정이었다. 그러니 관심도 없어 보인다.

'큭. 이런 제기랄, 설마 아르마니도 모른단 말인가?'

갑자기 절망스런 생각이 들었다.

할리데이비슨이야 오토바이 브랜드니까 여자인 윤희가 모를 수도 있다고 생각했다. 그러나 설마 아르마니까지 모를 줄이야.

안소니의 가슴이 부글부글 끓어올랐다.

'침착하자. 여기서 무너질 순 없다.'

안소니는 억지로 미소를 지으며 말했다.

"미안하지만 물 한 잔만 줄래? 생수를 다 마셔서……. 휴. 여기까지 오느라 힘들었는데 너희 집에서 잠깐만 앉았다 가자. 설마 그냥 보내진 않겠지? 이 근처에 너희 집이 있는 것 같은데."

윤희는 조금 원망스런 시선으로 안소니를 바라보았다.

'바보 같은 자식. 이 동네 분위기도 파악 못했나? 여긴 누굴 데리고 들어갈 수 있는 곳이 아니란 말이다. 단칸방에 어머니도 누워 계신네 어떻게 앉았다 가냐? 불이 없다고 할 수도 없고. 세발 눈치껏 좀 돌아가라.'

안소니는 윤희가 아무 말 없이 자신을 쏘아보자 더욱 당황하고 말았다. 마치 죄라도 지은 느낌이 들었던 것이다.

‘제길, 내가 왜 이러지? 내가 뭘 잘못했다고.’

아무리 생각해도 이해할 수 없는 일이었다.

“뭐, 뭐 싫으면 할 수 없고.”

안소니가 떨떠름한 표정으로 말을 하며 돌아설 때였다. 바로 옆의 허름한 집 안에서 중년 여자의 목소리가 흘러나왔다.

“윤희냐? 어서 들어오지 않고 뭐 하느냐? 누가 함께 있는 것 같은데, 친구면 들어오라고 하렴! 콜록콜록. 와서 피라미드나 한 개 사라고 해라.”

윤희는 절망감에 눈을 감고 말았다. 안소니는 놀라서 자신의 옆에 있는 판잣집을 바라보았다. 설마 이렇게 허름한 집에 사람이 살고 있을 줄은 몰랐다. 그리고 그게 윤희네 집이라니.

참으로 좁은 방이었다.

안소니는 이런 좁은 곳에서 사람이 살고 있으리란 생각은 하지 못했다. 그리고 콜록콜록 연신 기침을 하는 윤희 어머니의 모습은 바싹 말라 보기에도 안쓰러웠다.

그녀의 옆에 쌓여 있는 피라미드사 제품들이 더욱 이색적인 모습으로 안소니를 당황하게 만들었다.

윤희 엄마는 안소니를 보며 말했다.

“어때? 끓인 수돗물도 먹을 만하지? 편견을 버려야 해! 무조

건 정수기를 쓰는 건 낭비란다."

물을 마시던 안소니의 표정이 굳어졌다.

맛이 좀 이상하다 싶었지만, 설마 수돗물일 줄이야.

그렇다고 물을 뱉을 수도 없었다.

"어, 엄마, 좀 쉬세요. 자꾸 말하면 기침이 나오잖아요."

당황한 윤희가 얼른 엄마의 말을 가로막았다. 그녀의 얼굴이
은은하게 붉어져 있었다. 그러나 엄마는 태연했다.

"얘가 원래 내성적이라 어릴 적부터 집에 친구 한 번 안 데려
오더니, 남자 친구를 데려올 줄이야. 우리 윤희도 벌써 다 컸
네. 그래, 부모님은 뭘 하시고?"

"예, 어머님은 작은 사업을 하시면서 여성운동 일을 하시고,
아버님은 외교관으로 계시다가 지금은 조금 큰 회사에서 중역
으로 계십니다."

"그래 아주 훌륭한 부모님을 두었구나. 콜록……."

말을 하며 제 힘을 이기지 못하고 윤희 엄마는 마른기침을
하고 말았다.

눈치를 보던 안소니는 슬쩍 일어서면서 말했다.

"예, 감사합니다. 저, 그런데 여, 여기 화장실이 어디……."

윤희의 얼굴이 확 붉어졌다. 정말 울고 싶은 마음이었다.

지금 누가 그녀의 마음을 알아주겠는가? 조금만 잘못하면 덩

어리의 충격으로 오물이 분수처럼 튀어 오르는 공용 재래식 화장실의 비애를. 한 번 힘을 주고 빠르게 자리 이동을 하지 않으면 아래가 고스란히 젖을 것이다.

다행이라면 뭐, 이곳에서 큰일을 보진 않을 것이란 것 정도였다. 그래도 작은 것은 훌륭하게 소화할 수 있는 곳이었다. 발이 빠지는 것만 조심하면.

윤희가 당황하는 것과는 달리 이미 가난에 길들여진 윤희 엄마는 그것을 창피하다 생각하지 않았다. 그것은 이미 그녀에게는 삶이었고, 당연한 현실이었다.

"밖에 나가 왼쪽으로 모퉁이를 돌아서면 파란 문이 있을 것이다. 거기가 바로 화장실이다."

"예, 감사합니다. 그럼 잠시 실례하겠습니다."

윤희 엄마는 윤희를 보며 말했다.

"네가 안내해 주거라! 찾기 힘들 텐데."

윤희는 마지못해 자리에서 주춤거리며 일어섰고, 안소니는 무엇인가 떨떠름한 표정으로 윤희를 보았다. 이때 윤희 엄마는 머리맡에 있는 신문지를 꾸깃꾸깃 움켜쥐고 몇 번 비벼서 안소니에게 주며 말했다.

"자, 이 정도는 있어야 할 것이여! 혹시 큰 것이면 이거 들고 가거라."

　제법 많은 양의 꼬깃꼬깃한 신문지를 보다 안소니는 당황한 표정으로 윤희 엄마를 바라보았다. 대체 뭐에 쓰는 물건인지 감이 안 잡혔던 것이다.

　"네? 그게 뭔데요?"

　"아, 가져가 보면 알겠지. 필요한 것이니 가져가. 필요없음 도로 갖고 오고."

　안소니는 어리둥절해하며 신문지를 받아 돌아서다 옆에 있던 커다란 깡통을 발로 차서 넘어뜨렸다. 순간 뭔가 노란 액체가 쫙 하고 방 안을 채웠다.

　"허걱. 이, 이런……. 정말 죄송합니다. 그런데 이게 뭐죠? 오렌지 주스인가? 색이……. 그런데 오래 돼서 썩은 모양입니다. 내…… 냄새가?"

　"에구머니, 이를 어쩐다. 내 요강!"

　이 상황에서 안소니보다 더 당황한 것은 윤희였다. 바닥에 질펀하게 퍼진 물이 엄마의 오줌이라고 어찌 말할 것인가? 그것을 안소니가 알게 되면……. 생각만 해도 끔찍한 일이다.

　지금저럼 그냥 썩은 오렌지 수스로 알면 된다.

　다행히 요강이란 말을 모르는 것 같았다.

　윤희는 얼른 안소니의 팔을 잡아끌며 고함을 질렀다.

　"엄마, 닥쳐요! 내…… 내가 화장실 안내해 줄게. 어서 가자.

빨리."

안소니는 주춤거리며 윤희에게 끌려 밖으로 나갔다.

"아이고! 내 피라미드! 이게 젖어서 어쩐다냐? 이걸 우짤꼬."

다행히 오줌에 젖었다는 말은 하지 않았다.

'W.C' 라고 쓰여 있는 낡은 철제문 앞.

윤희는 안소니에게 열쇠를 주며 말했다.

"이걸로 열고 들어가면 돼."

안소니는 지금 상황이 이해가 되지 않았다.

"화장실에 열쇠가 왜 필요하지?"

"여긴 밖이잖아. 열쇠가 없으면 이 사람 저 사람 다 들락거린다고."

'바보 멍충이, 공용 재래식 화장실이 당연한 거잖아.'

속으로 욕을 하면서도 윤희는 무척 태연한 표정을 지었다.

"그, 그런가?"

갸우뚱하며 문을 열고 화장실 안으로 들어가는 안소니를 보며 윤희는 씁쓸한 미소를 지었다.

'설마 큰 것은 아니겠지?'

가장 걱정스런 일이었다.

가난한 동네라 화장실을 푼 지도 오래 되었을 것이고, 깊이

파지도 못한 푸세식이라 잘못하면…….

"좀 어둡다. 그런데 변기가 어디 있지?"

윤희 얼굴이 다시 한 번 붉어졌다.

'이런 멍청이, 평생 아래는 보지도 않고 사나?'

"아래를 봐."

안소니는 무심코 아래를 보았다가 입을 딱 벌리고 있는 재래식 화장실의 구덩이를 보고 황당하단 표정을 지었다.

"컥. 오 마이 갓! 이, 이거 어떡해. 발 디딜 틈이 없어. 이쪽인가?"

윤희는 실로 난감하기 이를 데가 없었다. 그러나 지금 그녀가 해줄 수 있는 말은 아무것도 없었다.

잠시 후였다. '풍덩' 하는 소리가 들리는 것이 아닌가? 분명 큰 것이 떨어지는 소리였다. 그 소리를 들은 윤희의 표정이 확 굳어지고 말았다.

"피, 피해!"

"뭐, 뭐라고? 커억. 이, 이게 뭐야! 웬 물이 아래에서…….”

윤희는 두 손으로 얼굴을 가리고 말았다.

그리고 아주 잠시 후.

"으아악! 내 아르마니 바지."

안소니의 비명 소리에 윤희는 그만 그 자리에 주저앉을 뻔했다.

그래도 가르쳐 줘야 할 것은 가르쳐 줘야 한다.

'큰 것이라고 미리 말이나 하지.'

속으로 안소니를 원망하며 윤희는 말했다.

"잠시만 기다려."

안으로 들어가서 다시 신문지를 몇 다발 들고 나왔다. 그것을 화장실 문 아래로 넣으면서 말했다.

"머, 먼저 신문지를 아래로 던져 깔아놓고 해. 먼저 준 신문지로는 묻은 곳을 닦고."

안소니는 그저 창백한 표정으로 고개를 끄덕였다. 물론 그가 고개를 끄덕이는 모습을 화장실 밖의 윤희가 볼 수는 없었다. 윤희는 신문지가 안으로 사라지는 것을 보고 그 자리를 피해 버렸다. 그곳에 더 있을 만한 배짱이 없었던 것이다.

잠시 후, 대문 앞에 등을 기대고 서 있는 윤희에게 다가온 안소니는 기분 좋은 표정으로 웃으며 말했다.

"하하. 이런 경험은 처음이야! 덕분에 아주 색다른 경험을 했어."

"미안해!"

말해 놓고 나니 뭐가 미안한지 자신도 알 수 없었다. 가난한 것이 미안한 것인가? 아니면 미리 주의를 주지 못한 것이 미안한 것인가? 정말 자신이 미안할 무엇인가가 있는 것인가? 아니면 가난이 창피해서 면피용 멘트인가?

윤희의 마음이 복잡하게 얽힐 때 안소니는 고개를 흔들며 말했다.

"미안하긴. 오늘 있었던 일을 친구들에게 얘기하면 진짜 재밌어할 거라고! 이런 곳이 있다는 것도 안 믿겠지. 하하하!"

안소니는 나름대로 유쾌하게 웃고 있었다.

"그럼 다행이고."

윤희의 말끝엔 힘이 없었다.

정말 안소니가 그렇게 생각해 준다면 고맙겠지만, 그녀는 가난이 준 눈치로 안소니의 마음을 이미 짐작하고 있었던 것이다.

"자, 그럼 난 이만 갈게."

안소니의 말에 윤희는 안도의 숨을 쉬었다.

"으응. 그래, 어서 가. 그렇지 않아도 늦었다."

"흠, 그래야지. 그러고 보니 시간이 꽤 늦었네."

이미 날이 저물어 가로등이 하나 둘씩 불을 밝히고 있었다.

안소니는 허겁지겁 돌아서면서 자신도 모르게 중얼거렸다.

"제기랄, 내 이런 어처구니없는 일은 처음이다. 궁상! 궁상! 이런 궁상스러운 집도 난생처음이다. 게다가 그 아줌마는 또 뭐야! 나참, 더러워서. 웩웩. 퉤엣! 내가 잠시 착각했지. 우엑."

토악질까지 하며 침을 뱉던 안소니는 아차 싶었다. 아직 윤희가 뒤에 있다는 것을 생각하지 못한 것이다. 안소니는 얼른 뒤를 돌아보았다.

'쿵' 하는 소리와 함께 가슴이 무너져 내리는 것 같았다.

슬픔 가득한 큰 눈.

금방이라도 물이 고여 넘칠 것 같은 습기 찬 눈동자.

창백한 얼굴.

바로 코앞에 있는 것처럼 윤희 얼굴이 안소니의 시선을 잡아 끌고 있었다.

안소니는 얼른 돌아서서 도망치듯이 계단을 내려갔다.

그의 등을 윤희는 멍하니 바라보고 있었다.

안소니의 모습이 사라졌을 때, 윤희 눈엔 결국 물기가 흘러 넘치고 말았다.

"안녕……!"

윤희는 힘없이 돌아섰다.

방 안에 들어가던 윤희는 걸음을 멈추었다. 방 바로 안쪽에 안소니가 놓고 간 예이츠의 시집이 있었던 것이다. 윤희는 시집을 집어 들고 펼쳐 보았다. 그 페이지에는 예이츠의 대표적인 시 중에 하나인 '하늘의 천' 이 있었다.

하늘의 천

He wishes for the clothes of Heaven

내게 금빛과 은빛으로 짠

Had I the heaven's embroidered cloths

하늘의 천이 있다면

Enwrought with golden and silver light

어둠과 빛과 어스름으로 수놓은

The blue and the dim and the dark cloths

파랗고 희뿌옇고 검은 천이 있다면,

Of night and light and the half-light,

그대 발밑에 깔아드리련만

I would spread the cloths under your feet.

나는 가난하여 가진 것이 꿈뿐이라

But I, being poor, have only my dreams,

네 꿈을 그대 발밑에 깔았습니다.

I have spread my dreams under your feet.

사뿐히 밟으소서. 그대 밟는 것 꿈이오니.

Tread softly because you tread on my dreams.

나는 외눈이라 하나밖에 생각하지 못해

물이 흐르고 있었다. 언제나처럼 슬픔이 주체할 수 없을 때 찾아오는 곳이 바로 한강 둔치였다.

윤희는 흐르는 물을 보며 아픈 기억들을 흘려보내고 있었다. 어제 이후 오늘은 하루 종일 안소니와 눈조차 마주치지 못했다. 그가 놓고 간 예이츠 시집을 돌려주고 싶었지만, 용기도 나지 않았다. 하루 종일 시간이 어떻게 흘러갔는지 기억도 나지 않는다. 그녀의 등에 업힌 가난이 무안한 표정으로 그녀를 내려다보고 있다.

"휴, 가난이란 것은 사람의 관계마저도 힘들게 하는구나."

뭐, 새삼스런 일도 아니었다.

윤희는 작은 조약돌을 강가에 힘껏 던졌다.

동그란 파문이 일어나다 물살에 쓸려 사라졌다.

'마치 나 같구나. 피지도 못하고 가난에 쓸려가는 가련한 신세.'

윤희는 스스로를 자학하며 발길을 돌렸다.

"뭐야? 이 시키가. 너, 왜 시키는 대로 안 하는 거냐, 엉? 너,
죽을래."

갑작스럽게 들려오는 소리를 듣고 놀란 윤희는 조심스럽게
소리가 들린 곳을 향했다. 목소리가 귀에 익었던 것이다. 그녀
가 풀이 우거진 곳으로 갔을 때 그곳에는 한 무리의 학생들이
모여 있었고, 그들은 바닥에 쓰러져 있는 또 한 명의 학생을
집단 구타하고 있었다. 풀이 쓸려 있는 모양을 보니 그들은 구
타하고 있는 학생을 제법 먼 곳에서부터 질질 끌고 온 모양이
었다.

'학기.'

그들 중 한 명은 같은 반의 학기가 분명하였다. 그리고 다섯
명의 학생 중엔 같은 반 학생이 둘이나 더 있었다. 윤희는 바닥
에 쓰러져 있는 학생이 외눈박이라는 것을 알았다. 그녀라고
반에서 왕따를 당하는 외눈박이를 모를 리 없었다.

학기가 바닥에 엎어져 꿈틀거리는 외눈박이의 머리를 발로
밟으며 말했다.

"너, 정말 말 안 들래? 야, 시키야. 그게 뭐가 어려운 일이냐,
응? 우리가 주인 영감의 시선을 끌 테니까 넌 그냥 가서 금고만
뒤져 돈만 들고 나오면 되는 것 아니냐, 이 말이야. 쉽지? 그치?
안 그러냐?"

외눈박이는 몸을 꿈틀거리며 일어서려 하였다.

"어때? 할 거냐, 안 할 거냐?"

외눈박이의 고개가 흔들렸다.

"시, 싫어. 도둑질은 나쁜 거야!"

학기가 어이없다는 표정으로 외눈박이의 외눈을 바라보았다.

"허, 이 시키가 이거 죽으려고 환장을 했나. 너, 지금 네 처지를 모르나 본데. 니 여기서 죽을래?"

피투성이가 된 외눈박이는 그래도 고개를 흔들고 있었다. 그 모습을 보며 윤희는 뒤로 천천히 물러선 다음 뛰기 시작했다. 가장 가까운 한강의 매점을 찾아간 윤희는 그곳 아저씨에게 도움을 요청했고, 매점의 용감한 아저씨는 호루라기를 불면서 윤희와 함께 뛰어가기 시작했다.

짧은 반바지에 머리를 박박 민 전직 해병대 매점 아저씨는 신이 난 듯 호루라기를 불고 있었다. 마치 이제야 나의 실력을 보여줄 수 있겠구나 하는 것 같았다.

학기와 친구들은 호루라기 소리를 듣고는 외눈박이를 내던지고 도망가기 시작했다.

매점 한쪽. 누워 있던 외눈박이가 겨우 정신을 차리면서 하나밖에 없는 눈을 떴다. 그의 눈에 처음 보인 것은 막 저무는 태양을 후광으로 업은 윤희의 모습이었다.

외눈박이는 멍하니 윤희의 얼굴을 보다 고개를 흔들었다.

가물가물하나 기억이 돌아오고 있었다.

윤희는 물 묻힌 휴지로 외눈박이의 얼굴을 닦아주면서 물었다.

"좀 괜찮니?"

외눈박이는 얼굴을 붉히면서 다시 한 번 윤희의 얼굴을 보고서야 그녀가 자신과 같은 반의 여학생임을 알았다.

윤희라고 했던가?

너무 예뻐서 태양같이 눈이 부시던 그녀를 외눈박이는 금방 기억할 수 있었다. 하긴 반에서 많은 남학생들의 관심을 받고 있는 것이 윤희였고, 그것을 모르는 것은 윤희 자신과 세상에 별 관심이 없는 안소니뿐이었다.

외눈박이는 외눈을 껌벅이며 물었다.

"네, 네가 여길 어떻게?"

"네가 학기 패거리들에게 당하는 것을 보고 내가 여기 아저씨한테 도움을 요청했어. 그런데 좀 괜찮은 거야? 보니까 심하게 당한 것 같은데."

외눈박이는 그제야 자신이 정신을 잃기 전에 들은 호각 소리를 기억해 내었다.

"괜찮은 것 같아. 구해줘서 고마워."

윤희는 대답 대신 생긋 웃어주었다.

환하다.

마치 햇살이 잘게 부서지며 산란하는 것 같았다.

외눈박이는 갑자기 가슴이 세차게 뛰는 것을 느꼈다.

처음으로 자신의 앞에서 웃어주는 여자를 만난 것이다.

"너, 넌, 내가 무섭지 않아?"

윤희는 이상하다는 표정으로 외눈박이를 바라보았다.

"왜 내가 너를 무서워해야 하지?"

외눈박이는 그 물음에 당황하였다.

여자라면 당연히 자신을 무서워하거나 징그러워하면서 피해야 한다고 생각하던 외눈박이에게 그녀의 물음은 너무 생소했다. 마치 정해진 진리에 역행하는 말을 들은 것 같은 기분이었다.

"그게, 그러니까……. 나, 나는 외눈이고……."

"그게 내가 널 무서워해야 하는 이유라면, 걱정하지 마. 넌 외눈이고 난 가난하니까. 가난은 외눈보다 더 무서운 거야."

"그, 그런 건가?"

외눈박이는 얼떨떨한 기분이었다.

“그런데 학기에게 왜 당한 거야? 무엇인가 시키려고 했던 거 같은데.”

“별거 아니야. 나더러 매점의 돈을 훔쳐 오래서.”

그 말을 들은 윤희는 가슴이 뜨끔하는 것을 느꼈다. 얼마 전 편의점에서 빵과 우유를 훔쳤던 기억이 되살아났던 것이다.

“바보같이. 그냥 훔치면 되잖아. 맞다가 죽으면 어쩌려고 그래.”

외눈박이는 바보처럼 웃으면서 말했다.

“난 외눈이라서 하나밖에 보지 못하고, 하나밖에 생각하지 못해. 언제부터인가 그렇게 습관이 되었어. 내가 아는 것은 도둑질은 나쁘다는 것이야. 그래서 하면 안 된다는 것이지.”

윤희는 외눈박이를 바라보았다. 외눈과 가난을 등에 업고 사는 자신. 문득 둘 다 하나의 업보를 짊어지고 사는 것 같은, 동질감을 느낄 수 있었다.

“바보같이.”

자신에게 하는 말인지 아니면 외눈박이에게 하는 말인지 그녀 자신도 몰랐다.

천장을 바라본다. 멍한 시선 속에서 두 개의 눈동자가 맴을 돌다 사라지곤 한다. 눈물이 흐를 것 같은 큰 눈에 꽉 찬 슬픔.

안소니는 가슴이 저미는 것을 느꼈다.

'제길.'

안소니는 자신도 모르게 한숨을 내쉬었다.

'어떻게 할까?

윤희는 아직도 망설이고 있었다. 책을 돌려줘야 하는데, 용기가 나지 않았다. 안소니가 자신의 집에 왔던 것만 생각하면 지금도 가슴이 울렁거리고 얼굴이 화끈거리는 윤희였다.

그러다 보니 벌써 이틀째 안소니의 책을 품에 안고 다니는 꼴이 되었다. 가볍게 한숨이 나왔다.

'뭐가 그리 어려운가? 그냥 책을 돌려주면 되지 않는가? 그냥 아무도 없을 때, 그의 자리에 몰래 놔둘까?'

그렇게 하면 무엇인가 큰 아쉬움이 남을 것 같았다. 그게 무엇인지 모르지만, 윤희는 그렇게 하고 싶지 않았다. 그러나 직접 만나 책을 전해줄 용기도 나지 않았다. 아니, 안소니를 직접 볼 용기도 없었다.

그때 그런 수모를 당했다면 자신을 어떻게 생각하는지 굳이 말로 하지 않아도 뻔한 이야기리라. 자신을 쳐다보지도 않는 안소니의 모습을 보아도 그랬다.

'얼마나 볼품없는 애라고 생각할까?

생각만 해도 아찔한 일이었다.

'사과할까?'

안소니는 망설였다. 그러나 용기가 나지 않는다.

세상의 어떤 여자에게도 어려운 적이 없던 안소니였다. 그런데 이상하게 윤희에게는 용기가 나지 않는다.

'제길, 천하에 안소니가 대체 왜 그러는 것이냐? 이게 말이 되는 현상이냐고!'

한숨이 푹 나왔다. 그러나 여전히 윤희에게 가기가 망설여졌다. 그런 모욕을 당했으니, 자신이 사과를 한다고 받아줄 것 같지 않았다. 그러나 내내 마음이 무거워서 결국 사과는 하긴 해야 할 것 같았다.

5. 외눈박이의 비밀

남매

　방 안에서 외눈박이가 점토로 열심히 인형을 만들고 있었다. 외눈박이의 손이 움직일 때마나 인형은 점점 윤희의 모습을 닮아가고 있었다.

　한참 인형을 만들고 있을 때, 문이 벌컥 열리면서 한 여학생이 안으로 들어왔다. 예쁘장한 모습. 그렇지만 날카롭게 위로 올라간 눈썹 때문에 조금은 사나워 보이는 그녀는 들어오자마자 외눈박이의 얼굴을 바라보았다.

　맞아서 여기저기 퉁퉁 부은 얼굴에, 입술은 터져서 지금도 피가 조금씩 흐르고 있었다. 하나밖에 없는 눈은 부어서 뜨고 있는지 감고 있는지 감이 잡히지 않을 정도였다.

그 상태로 뭔가 열심히 하고 있다는 사실이 오히려 놀라울 뿐이었다. 자신이 문을 열고 들어온 것조차 눈치 채지 못하고.

"흥, 잘한다. 또 어디서 쥐어 터진 거야?"

외눈박이가 손을 멈추고 여동생을 바라보았다.

자신과는 이란성 쌍둥이로 외교관으로 외국에 가 계신 부모님을 제외하면 유일한 혈육이라 할 수 있다.

"왔니?"

"왔으니까 이 방에 내가 있잖아. 그런데 대체 이번에는 누구에게 얻어터진 거야?"

외눈박이는 그냥 어설프게 미소를 짓고 대답을 피했다.

"야, 멍청한 새끼야, 말을 하란 말이야. 하긴 누구에게 얻어맞았든 내가 상관할 바는 아니지. 정말 쪽팔린다. 눈이 하나라면 정신이라도 강해야지. 어떻게 저런 바보가 나랑 쌍둥이로 태어났는지, 정말 속 터진다."

외눈박이는 그저 멍하니 여동생을 바라만 보았다.

오빠의 그 모습이 여동생에게는 더욱 바보 같아 보였다.

"미안해."

"뭐가 미안한데? 오빠랍시고, 제발 나를 곤란하게 하지 마.

그리고 주먹이 없어, 발이 없어? 없는 것은 눈 하나뿐이잖아.
왜 그냥 맞고 있어?"
　"미, 미안하다."
　"내게 왜 미안한데?"
　"미, 미안하다."
　"어유. 여튼 오빠 하나 있는 것이 저 모양이니, 정말 창피하
다고. 그러니까 내가 아는 척도 안 하는 거 아냐. 나를 원망하
지 말라고."
　"그래, 알았다."
　외눈박이는 묵묵히 대답하면서 여동생을 바라보았다.
　바보처럼 감정이 절제된 눈이었다.
　그 눈 어디에도 여동생에 대한 원망은 없었다.
　그녀는 오빠의 그런 눈이 싫었다. 그 눈을 보면 이상하게 화
가 나고 얼굴이 화끈거렸던 것이다.
　"내가 말을 말아야지. 괜히 잘못해서 맞아 죽지 말고 조심해
서 다니라고."
　한숨을 쉬며 고함을 치듯 말한 여동생은 문을 '꽝' 하고 닫
은 다음 사라져 버렸다.
　외눈박이는 멍하니 그녀가 나간 문을 바라보았다.
　지은 죄도 없이 미안한 외눈박이였다.

한동안 자리에 앉아 멍하니 여동생이 사라진 문을 지켜보던 외눈박이는 자리에서 일어섰다. 그리고 책상 서랍 아래 두 개의 열쇠로 잠가놓았던 자신의 비밀 서랍장을 열었다. 그 안에는 묵직한 가죽 상자가 놓여 있었다.

외눈박이는 가죽 상자를 열고 안을 들여다보았다.

그의 입가에 미소가 감돈다.

그리고 아련한 아픔도.

여걸 유옥선

옥선은 머리가 지끈거리는 것을 느끼고 인상을 찡그렸다. 가끔 있는 일이었지만, 요즘 들어 더욱 심해지는 것 같았다. 이 머리 아픈 것이 언제부터였는지 정확하게는 기억을 하지 못하지만 초등학교 5학년쯤부터인 것으로 기억한다.

사실 옥선이는 6학년 이후 자신에 대해서는 전혀 기억을 못하고 있다. 정확하게 무슨 일로 어떤 사건으로 기억을 잃었는지, 그것조차 그녀는 알지 못한다. 부모님은 물론이고, 친척들 누구도 그녀에게 그 부분에 대해서는 말을 하지 않았던 것이다. 그렇다고 아는 사람이 있어서 물어볼 수도 없었다. 한 가지 분명한 것이 있다면 지금 자신이 사는 곳은 6학년 이전에 살았던 곳과 전혀 다른 곳이란 점이었다. 처음에는 많은 것이 궁금했지만 지금은 완전히 적응해 살고 있다.

옥선은 마치 인형처럼 얼굴을 굳힌 채 조용히 서 있었다. 주변에는 부회장이자 학교의 짱인 그녀를 추종하는 여학생들 중에 심복이라고 할 수 있는 여섯 명이 서서 종알거리고 있었다. 평소 말이 없는 옥선인지라 그녀가 그저 꼿꼿하게 서 있어도 그것을 이상하게 생각하는 여학생들은 없었다. 그녀가 지금처럼 서 있을 때 건들면 무섭다는 것을 잘 알기 때문에 누구도 그녀에게 말을 걸지 않았다.

옥선이 겨우 머리의 통증을 제어할 즈음 그녀 주변에 서서 담배를 피우던 여학생들 중 한 명이 소곤거리는 말투로 말했다.

"야, 쟤가 그 유명한 외눈박이지?"

"맞아. 그런데 왜 그걸 물어? 관심 있냐?"

"미친년. 누가 눈 하나뿐인 괴물을 사랑하냐? 더군다나 학교의 유명한 왕따를. 너나 가져라, 이년아."

옥선은 머리를 가볍게 흔들면서 정면을 바라보았다. 외눈박이가 걸어오고 있었다. 아직도 멍들고 부푼 곳이 그대로인 채로.

"야, 쟤 또 어디서 심하게 맞은 모양이다."

"뻔하지, 뭐. 학기가 아니겠어. 요즘 좀 심하게 하는 모양이던데."

"불쌍하다, 불쌍해. 그런데 남자 자식이 반항도 못하냐? 뭐 달고 제 값도 못하네."

옥선이 호들갑을 떨고 있는 두 여학생을 보며 차갑게 말했다.

"시끄럽다, 이년들아."

두 여학생은 그대로 입을 다물었다. 짱인 옥선의 카리스마 앞에서는 제법 난다 하는 그녀들도 감히 대항할 엄두도 내지 못했다.

"가자."

옥선이 확 돌아서서 걸어가자, 그녀의 주변에 있던 여학생들은 어안이 벙벙한 채로 그녀의 뒤를 따랐다.

한참을 걷던 옥선이 옆에 걸어가고 있는 여학생을 보며 물었다.

"학기가 좀 심한가 보네."

명희가 고개를 끄덕이며 말했다.

"응, 그런가 봐. 듣기로 좀 심하게 한데. 그런데 외눈박이도 좀 바보처럼 굴고. 대항조차 못하나 봐. 전에는 먹을 것을 가져오지 않았다고 걸레를 입에 문 채 30분이나 서 있게 했대."

옥선의 검은 눈썹이 꿈틀거렸다.

"학기가 일진회 조장 중 한 명이지?"

명희가 고개를 끄덕였다.

"그렇지, 뭐. 현재 일진회 다섯 조장 중 한 명이지. 그중에서도 가장 지독하다고 하더라. 아주 악질이지. 외눈박이가 불쌍하지. 하필이면 그런 녀석에게 걸려서. 아마 졸업할 때까지 시달릴 거야."

옥선이 고개를 끄덕였다.

"그렇지 않을 수도 있겠지."

그 말에 명희가 옥선을 바라보았다. 옥선은 묵묵히 걸어갈 뿐이었다.

멀리서 외눈박이가 걸어가는 여학생들 틈으로 옥선을 바라보고 있었다.

질투

토요일, 오전 수업만 있는 날이었다. 외눈박이는 몹시 초조한 얼굴로 교문 앞을 서성거렸다. 외눈박이는 손에 표 두 장을 들고 이래저래 망설이면서 자꾸만 교문 안쪽을 힐끔거렸다.

그렇게 얼마를 기다렸을까? 안에서 나오는 한 여학생을 보고서야 외눈박이는 반색을 했다.

윤희가 교문 밖을 나왔을 때, 윤희를 기다리고 있던 외눈박이는 얼른 그녀에게 다가서며 말했다.

"저, 저기 어제는 고마웠어."

윤희가 놀라서 외눈박이를 돌아보았다.

"아, 아니. 그거야 누구라도 그랬을 거야. 그런데 넌 정말 괜찮은 거야?"

외눈박이는 입가에 밝은 웃음을 떠올렸다.

'누구라도 절대 그러지 못했을 거야. 내가 죽든지 살든지 아무도 관심이 없었겠지.'

차마 그 말은 하지 못했다.

"뭐, 몸 하나는 튼튼하게 태어났으니까."

"다행이네."

"저, 그래서 말인데……."

윤희가 외눈박이를 빤히 쳐다보았다.

"고마운 것에 보답도 하고 싶고 그래서, 싫지 않다면 영화라도 한 편 볼래? 내가 예매를 했던 표인데, 고마움의 표시야. 남자 친구가 있으면 함께 봐."

쑥스럽게 말하며 외눈박이가 내민 두 장의 영화표는 오늘 오후에 하는 영화표였다. 그리고 공교롭게도 아저씨가 준 두 장의 표와 같은 영화다.

윤희는 망설여졌다. 함께 영화를 볼 사람도 없고, 내일이라면 더욱 영화를 볼 시간이 없었다. 그래서 영화 보는 것을 포기하고 있던 참이었다. 물론 오늘은 시간이 되지만 함께 볼 사람도 없고, 배도 많이 고팠다.

윤희는 망설이며 외눈박이를 보다 자신이 그 표를 꼭 받아야 한다는 것을 깨달았다. 만약 자신이 그 표를 받지 않으면 외눈박이는 상처를 입을지도 모른다는 생각이 들었던 것이다.

"고마워. 하지만 함께 볼 사람이 없네. 괜찮다면 함께 보러 갈래?"

외눈박이의 외눈이 커졌다.

"나? 나하고 말이야?"

윤희가 고개를 끄덕였다.

외눈박이는 가슴이 뭉클해지는 것을 느꼈다. 난생처음 여자에게 함께 영화를 보러 가자는 말을 들었다. 더군다나 윤희처럼 어여쁜 여학생에게.

"그, 그래도 될까?"

윤희가 외눈박이를 바라보았다.

몹시 당황해하는 모습.

"안 되는 이유가 있나?"

"나, 난 눈도 하나고. 네가 창피할지도 모르는데."

"두 눈을 가지고도 똑바로 보지 못하는 사람도 많은데, 뭘. 눈 하나인 게 죄는 아니잖아."

외눈박이는 감격한 듯 윤희를 바라보았다.

"고, 고마워."

"고맙긴 내가 오히려 고맙지. 우린 친구잖아. 같은 반 친구."

외눈박이는 힘차게 고개를 끄덕였다.

"맞아. 우린 같은 반 친구야."

'반에서 너만 그렇게 생각해 주지만.'

"그럼 우리 영화 보러 가자."

"조, 좋지."

외눈박이는 가볍게 흥분되는 것을 느꼈다.

여자랑 처음으로 영화를 보게 된 것이다.

시큰둥하게 걸어 나오던 안소니는 갑자기 걸음을 멈추었다. 학교의 공식 왕따인 외눈박이와 윤희가 마주 서 있는 것이 보였던 것이다.

갑자기 가슴이 쿵 하고 내려앉았다.

‘에이, 씨. 둘이 마주 이야기를 나누거나 말거나 뭐가 중요해. 어차피 둘이 사귈 것도 아닌데. 사실 누가 저런 외눈박이랑 사귀겠어. 하하.’

억지로 입가에 미소를 머금던 안소니의 얼굴이 굳어졌다.

‘가, 가만 둘이 사귀거나 말거나 내가 왜 이렇게 민감한 거지?’

생각해 보니 그렇다.

둘이 어떻게 되든 무슨 상관이란 말인가?

안소니는 고개를 흔들었다. 그런데 외눈박이가 무엇인가를 윤희에게 주고 있는 것이 아닌가?

‘뭘까?’

궁금했다.

안소니는 태연하게 걸으면서 두 사람의 곁을 지나치며 두 사람을 힐끔 살폈다.

‘영화표.’

지금 가장 인기있는 영화표가 분명했다.

‘어라, 저 자식, 외눈박이 주제에 데이트 신청하는 건가?’

갑자기 기분이 나빠졌다. 그런데 하필이면 그때 윤희 목소리가 유난히 크게 들려왔다.

“고마워. 하지만 함께 볼 사람이 없네.”

'호호. 그렇지. 넌 함께 볼 사람이 없지. 뭐, 네가 정 원한다면 내가 함께 가줄 수도 있지만. 헉, 내가 왜?'

안소니는 순간 인상을 확 구겼다. 그러나 그 다음에 들린 윤희의 말에 안소니는 울화를 억지로 참아야 했다.

"괜찮다면 함께 보러 갈래?"

'하, 함께? 서, 설마?'

자신은 아닐 것이다. 분명히 두 사람은 아직 자신의 존재를 알아채지 못했기 때문이다. 그렇다면?

'이, 이런, 저 계집애가 데이트를 못해 머리에 종기가 났나? 하필이면 눈 하나짜리 괴물과 영화라니.'

안소니는 미칠 정도로 화가 나서 참을 수가 없었다.

그렇다고 그 자리에 서 있을 수도 없어 태연한 척 다가가 옆으로 이동해서 나무 뒤로 숨고 말았다.

'어라, 내가 왜 이러지? 대체 왜 숨느냐고? 내가 죄를 지었나? 에이, 썅. 그냥 가…….'

둘이 나란히 걸어가는 모습이 보이자, 안소니의 속이 부글거리면서 끓어오르기 시작했다.

너무도 억울했다.

화가 나고 기가 막혔다.

명품 스쿠터 비노 블랙, 로렉스 시계, 아르마니 정장.

이 무지막지한 물량 공세에도 안 넘어가던 계집애가 어떻게 영화표 한 장에 간단히 넘어갈 수 있단 말인가? 이건 말이 안 된다.

'그래, 이건 연구를 해야 한다. 결코 저 둘이 무엇을 하느냐, 그게 중요한 것이 아니다. 혹시 다음을 위해서라도 저 계집은 연구를 할 필요가 있다.'

안소니는 그렇게 뇌까리며 두 사람의 뒤를 밟아갔다.

나름대로 은밀하게.

영화관 앞. 시간이 아직 남았다. 외눈박이는 윤희를 보며 말했다.

"아직 시간이 있네. 우리 빵이라도 먹으러 갈까?"

윤희는 망설였다. 돈이 없는데, 영화까지 보면서 빵 값도 내라고 하기엔 염치가 없었던 것이다. 그때 뒤에서 신문으로 얼굴을 가리고 둘의 이야기를 듣고 있던 안소니의 표정이 냉랭해졌다.

'멍청한 자식. 상황을 봐서 '내가 빵 값 낼게' 했으면 될 걸. 어유, 어떻게 저런 거랑 데이트를 하냐?'

생각하니 다시 열이 올랐다.

외눈박이는 슬며시 윤희의 표정을 살피면서 말했다.

"괜찮으면 내가 빵을 살게. 어제 고마워서 이 정도는 내가 사도 되겠지."

"으응, 하지만 미안해서."

"아니, 괜찮아. 함께 나와서 아주 즐거운걸. 빵 값 정도는 있어. 그러니까 미안해하지 마."

"고마워."

윤희가 웃고 있었다.

'저, 저, 나한테는 한 번도 웃지 않더니. 그리고 저 자식 빵 값 내는 것은 내가 생각한 건데, 수수료도 안 내고 갖다 쓰다니, 치사하게.'

이건 국제 규정에 어긋나는 비겁한 행동이었다. 그러나 안소니는 그것을 항의할 수 없었다. 공식적인 발표도 없었고 특허 등록도 없었기 때문이다.

혼자 억울해하던 안소니는 빨리 움직이기 시작했다. 이 근처에 빵집이라면 한 군데뿐이다. 그러니까 먼저 가서 기다릴 참이었다.

외눈박이와 윤희가 나란히 앉아 있었고, 안소니는 신문으로 얼굴을 가린 채 바로 윤희 뒷좌석에서 등을 맞대고 앉아 있었다.

이윽고 빵이 나오자, 외눈박이가 윤희를 보며 말했다.

"어서 먹어."

윤희는 탐스런 빵들을 보며 군침을 꿀꺽 삼켰다. 배에서 저절로 쪼르륵 소리가 났다. 포크를 들고 빵을 찍으려던 윤희가 갑자기 동작을 멈추고는 팔을 내렸다. 외눈박이가 어리둥절해하며 윤희를 바라보았다.

머뭇거리던 윤희가 외눈박이를 보고 말했다.

"이거 조금만 싸 가면 안 될까? 동생이 좋아하는 빵인데."

사실 지금 나온 빵이 동생이 좋아하는 빵인지 아닌지 윤희는 몰랐다. 아주 싼 빵이었지만 먹어보지 못했던 종류의 빵이었던 것이다. 하지만 동생이 싫어할 리 없었다. 먹는 것인데.

외눈박이는 환하게 웃으면서 말했다.

"당연하지. 일단 좀 먹고 내가 싸달라고 할게."

"고마워."

"고맙긴. 자, 어서 먹자."

윤희는 조심스럽게 빵을 들고 먹기 시작했다.

뒤에서 윤희의 말을 듣고 있던 안소니는 더욱 화가 나고 짜증이 났다.

'바보. 나랑 왔으면 더 맛있는 것으로 사주었을 텐데. 겨우 마늘빵이 뭐냐고, 마늘빵이. 에이, 씨.'

안소니는 괜히 심술이 나는 것을 느꼈다.

'그런데 윤희에게 동생이 있었나? 아, 그렇군. 한 귀퉁이에 웅크리고 있던 그 꼬마. 그땐 인식조차 못했었는데.'

그러고 보니 그때 보았던 아이는 무척 여윈 모습이었다.

'그래도 제 동생이라고 꽤 챙기네.'

투덜거리긴 했지만, 윤희의 따뜻한 성격을 보는 것 같아서 좋았다. 그리고 좋기 때문에 더 화가 났다.

'왜 내가 아니고 저 외눈박이냐고, 럭셔리를 놔두고 하필이면 마늘빵에 영화냐고. 제기랄.'

코에서 김이 기차의 엔진에서 나오는 연기처럼 푹푹 나오고 있었다. 영화가 매진이라 표를 끊지 못한 안소니는 밖에서 윤희와 외눈박이가 나오기를 기다리는 중이었다. 그런데 벌써 두 시간이 지나도 윤희와 외눈박이는 나오지 않았다.

"으으."

신음이 저절로 나왔다.

그의 생에 여자 하나를 이렇게 기다린 것은 단 두 번이고 재수없게 그게 다 윤희였다.

'혹시 뒷문으로 나온 것이 아닐까?

괜히 안절부절못한다.

'대체 왜 안 나오는 것이냐고. 호, 혹시?'

외눈박이가 영화를 보면서 슬쩍 윤희의 손을 잡고 다른 한 손으로 그녀의 가녀린 어깨를 감싸는 장면이 떠올랐다.

"캬, 이 색마 새끼. 엉큼한 개자식."

안소니는 자기도 모르게 소리를 지르고 말았다.

지나가던 사람들이 놀라서 안소니를 보았다.

"아, 아임 소리. 아임 소리. 제가 연극부라 잠시 연습하는 중이었습니다."

안소니는 자신을 보는 사람들에게 얼른 고개를 숙이고 사과를 하였다. 그러나 속은 여전히 편치 않다.

'이런 젠장, 대체 내가 왜 이러냐? 응? 정신 차려라, 안소니!'

겨우 가슴을 진정시키던 안소니의 눈이 순간 반짝였다.

'가만, 오늘 윤희는 빵을 들고 들어갈 것이고, 그걸 동생에게 주며 기뻐할 것이다. 으으, 그걸 두고 볼 수는 없다. 외눈박이에게 절대 질 수 없다.'

안소니는 결심을 굳히고 얼른 걸음을 옮기기 시작했다. 이미 그에게는 어떤 결심이 있었다.

오랜만에 집에 일찍 들어온 옥선은 벨을 눌러 댔지만, 안에서는 아무도 나타나지 않았다.

"뭐야? 아직 안 온 거야? 토요일엔 항상 일찍 들어오던 자식이 뭐 하느라 여태껏 안 오냐? 또 친구들에게 구박당하고 있는 건가? 그렇게 살려면 콱 죽어버리기나 하지. 그럼 내가 괜히 들킬까 봐 조마조마하지나 않지."

중얼거리며 열쇠로 문을 열고 안으로 들어갔다. 오빠가 외눈박이란 사실이 학교에 알려지는 것이 옥선은 정말 싫었다. 그래서 학교 내에서도 그녀는 철저히 그 비밀을 지키고 지냈던 것이다.

옥선의 가장 가까운 친구조차도 부회장이자 무쓸모의 여짱이라 알려진 그녀가 학교 최고의 천덕꾸러기인 외눈박이의 이란성 쌍둥이 여동생일 거라고는 전혀 생각하지 못하고 있었다.

거실로 들어온 옥선이는 가방을 집어 던지고 소파에 주저앉았다. 오늘 낮에 친구들이 오빠에 대해 하던 말들이 새록새록 떠올랐다.

그녀는 냉수를 한 사발 퍼 들고 한 번에 들이켰다. 속이 좀 시원해졌다.

오빠가 새삼 원망스럽다.

왜 태어나서 자신을 괴롭힌단 말인가?

태어나려면 제대로 태어나든지. 왜 외눈박이로 태어나서 자신을 괴롭히는지 생각만 해도 화가 치밀어 올랐다.

물병을 내린 그녀의 시선에 오빠의 방이 보였다.

문득 인형을 만들던 생각이 떠오르자 호기심이 일었다.

그녀는 벌떡 일어서서 외눈박이의 방문을 열었다.

원체 오빠에게는 관심없는 여동생을 두어서인가 문은 잠겨 있지 않았다. 방 안으로 들어간 옥선은 외눈박이의 책상 위에 있는 인형을 보고 눈살을 찌푸렸다. 낯이 익은 모습이었지만, 생각이 나지 않았다.

'여학생이니 분명히 무쓸모 학생이겠지. 그러니까 당연히 내가 스치듯이라도 한 번은 본 얼굴이겠지.'

그녀는 그렇게 생각하고 넘어갔다. 다시 방문을 열고 나가려던 옥선은 책상 한 켠에 고스란히 올려져 있는 낡은 가죽 상자를 보고 걸음을 멈추었다. 낡은 가죽 상자는 그녀 역시 잘 아는 물건이었다.

외눈박이가 어려서부터 애시중시하는 물건으로 그녀조차 그 안에 무엇이 들었는지 모른다. 호기심으로 중학교 때 상자를 몰래 열려다가 들킨 적이 있었다.

외눈박이가 얼마나 광포하게 화를 내던지, 그녀는 처음으로 오빠에 대한 두려움에 몸을 떨었었다. 그 이후 다시는 그 상자를 몰래 열려고 하지 않았다. 또한 어디에 감춰두었는지 찾을 수도 없었다.

그러던 물건이 책상 위에 무방비 상태로 놓여 있었던 것이다. 아마도 어떤 일로 꺼내 보았다가 미처 감추지 못한 것 같았다. 그리고 자신이 설마 이 방에 혼자 들어올 것이라고는 생각하지 못했으리라.

그녀는 잠시 망설였다. 그러나 호기심은 그녀를 쉽게 이겼고, 외눈박이의 가죽 상자를 연 옥선의 몸이 그대로 굳어졌다.

상자 안에는 몇 가지 잡다한 물건들이 놓여 있었는데, 그중에서 가장 먼저 보인 것은 한 장의 사진이었다. 이제 초등학교 5학년 정도 되어 보이는 두 남매가 나란히 앉아서 찍은 사진.

두 눈을 초롱초롱 빛내며 정면을 주시하고 있는 남자 아이와 한쪽 눈이 빛을 잃은 채 외눈으로 남자 아이의 손을 잡고 있는 여자 아이의 모습이, 그 사진 안에 있었다.

옥선은 갑자기 머리가 아파오기 시작했다.

"으윽."

머리가 깨지는 것 같았다. 갑자기 수많은 기억들이 단편적으로 떠올랐다.

　　옥선은 한동안 그 기억들을 수습하느라 정신을 차릴 수가 없었다. 아주 잠시 동안 멍하니 천장을 보고 있던 옥선은 떨리는 손으로 사진을 들었다. 그리고 그 안에 든 작은 일기장. 옥선은 일기장을 펼쳤다. 갑자기 후다닥 일기장을 넘겼다. 그리고 멈춘 곳.

　　오늘도 친구들과 싸웠다. 내 동생을 외눈이라고 괴롭히는 녀석들을 나는 아주 심하게 때려주었다.
　　동생이 불쌍하다.
　　어제 엄마가 하는 말을 들었다.
　　여자가 눈이 하나면 시집도 못 간다고.

　　옥선은 덜덜 떨리는 손으로 그 다음 장을 넘겼다.

　　오늘은 옆 동네 아이들이 내 여동생을 강으로 밀어 넣고 심하게 구타를 하였다.
　　괴물이라고 때렸단다.
　　나는 그 녀석들을 용서할 수 없있다.
　　나는 힘이 세다.
　　아버지 말로는 천하장사라고 한다.
　　그 힘은 동생을 보호하기 위해서 하늘이 준 힘이라고 했다. 나는 그 녀석들을 용서할 수 없었다.

옥선은 그 자리에 털썩 주저앉았다. 아련하게 떠올랐다. 그때의 그 무서웠던 광경이.

자신을 괴물이라고 물속에 밀어 넣은 친구들. 입속으로 들어오는 물을 삼키며 기절하던 순간. 정신을 차렸을 때, 옆에서 자신을 지키던 오빠.

"걱정하지 마, 내 눈을 줄게. 앞으로는 누구도 너를 괴롭히지 못할 거야. 선생님이 그랬어. 세상에 나만이 너에게 눈을 줄 수 있대. 남자는 한 눈으로도 세상을 바로 살 수 있다고 그랬어. 그러니 내 걱정은 하지 마."

정신을 잃었다가 다시 눈을 떴을 때, 그녀에게는 두 눈이 있었다. 그리고 자신을 보고 있던 외눈의 괴물. 그녀는 비명을 지르며 다시 정신을 잃었고, 깨었을 땐 자신에게 외눈박이 오빠가 있다는 사실만 알 수 있었다. 과거의 기억은 깨끗이 잊은 채.

의사의 말로는 과거의 고통스런 기억을 자아의 의식이 스스로 봉인했다고 했다.

옥선의 눈에 물기가 고였다. 통곡을 하며 울고 싶었다. 그런데 소리가 나지 않는다.

6. 사랑은 구름 위에 머물고

가슴 속 너의 모습은

남빛의 너울 구름 속에 진 달은,
개나리 어린 향기에 쪽진 머리.
별 이름 벼린 비단 같아라.

나락 흘린 이삭 같은 노루목.
진달래 꽃 붉은 이슬 속 하얀 창살은,
너의 여린 손가락.

설움 가득한 눈살 같아라.

누나의 친구

　안소니는 달동네를 헤매고 있었다. 이놈의 동네는 아무리 적
응하려고 해도 안소니에게는 너무 먼 나라였다. 동네 여기저기
를 살피며 윤희의 집으로 향하던 안소니의 걸음이 멈추었다.

달동네로 올라가는 작은 길 입구의 놀이터에서 자신이 찾던 아이를 찾았던 것이다.

친구도 없이 혼자 놀고 있는 아이는 참으로 남루한 옷을 입고 있었으며, 까칠한 얼굴에는 그늘이 어려 있었다. 안소니는 한눈에 아이가 윤희의 동생임을 알아보았다.

"윤희 동생 아니니?"

혼자서 놀던 아이가 놀라서 안소니를 올려다보았다. 순간 아이에게서 가난의 냄새가 확 풍겨왔다. 하마터면 토악질을 할 뻔한 안소니는 겨우 참아낼 수 있었다.

"아, 안녕하세요?"

다행히 아이는 자신을 기억하는 것 같았다.

"오랜만이네. 나를 기억하다니 기억력이 좋네."

"누나가 처음으로 데리고 온 손님이니까요."

"그래. 그런데 혼자서 무슨 놀이를 하고 있니?"

"친구 놀이요."

"친구 놀이? 그런 놀이도 있니?"

"네."

"어떤 놀이인데?"

안소니는 호기심이 가득한 표정으로 윤석이 그려놓은 선과 여기저기 널어놓은 작은 돌들을 보았다.

윤석은 선을 가리키면서 말했다.

"이게 동네를 구분하는 선이고요. 여기 돌들은 내가 사귀는 친구들이에요. 내가 이곳에 친구를 사귀고 싶으면 여기 이렇게 돌을 올려놓으면 돼요."

안소니의 표정이 딱딱하게 굳어졌다.

"너, 친구가 없구나? 그래서 친구를 사귀고 싶은 거니?"

"아뇨."

윤석이 살래살래 고개를 흔들었다.

"있지만 친구들은 항상 학원을 다니고, 나는 혼자 있는 시간이 조금 많을 뿐이에요."

"그, 그래, 그렇구나. 너는 아주 여유있는 삶을 살고 있구나."

말을 못 알아들은 윤석이 반짝이는 시선으로 안소니를 바라보았다.

"자유롭다는 뜻이란다. 남자는 자고로 고독을 알아야지. 그래야 멋진 남자가 되는 것이란다."

윤석이 뜻을 알아들었는지 밝은 표정으로 고개를 끄덕였다. 그때 윤석의 배에서 쪼르륵 소리가 들려왔다.

"너, 밥 안 먹었구나?"

순간적으로 윤석의 얼굴이 붉어졌다.

“점심은 원래 안 먹어요.”

안소니는 아무 말도 하지 못했다.

원래 안 먹는다는 말의 뜻을 빨리 이해하지 못했던 것이다.

‘설마 먹을 양식도 없단 말인가?’

생각하니 참으로 가슴이 답답해졌다.

잠시 윤석을 내려다보던 안소니가 말했다.

“휴. 이 형도 점심을 안 먹어서 배가 고프네. 이제 점심을 먹으러 갈까 하는데, 함께 갈래?”

윤석은 자신도 모르게 군침을 꼴깍 삼키고 말았다. 하지만 굳건한 얼굴로 고개를 흔들었다.

안소니는 당연히 가겠다고 할 줄 알았다가 놀라서 윤석을 보았다. 대체 이들 남매는 자신의 뜻대로 되는 것이 없었다.

“왜?”

“이유없이 남에게 음식을 얻어먹는 것은 좋지 않다고 했어요.”

안소니는 가볍게 한숨을 내쉬었다.

“나는 누나의 친구란다. 너는 친구의 동생이고. 친구는 말이지, 함께 밥도 먹고 그런 것이란다. 누나 친구가 함께 밥을 먹자고 할 때 거절하는 것은 예의가 아니란다.”

윤석은 다시 한 번 군침을 삼키고 말했다.

"저, 정말 함께 가도 돼요?"

"그럼, 되고말고."

안소니가 환하게 웃으면서 말했다.

이제야 말이 통한다 싶었던 것이다.

"자, 그럼 갈까?"

안소니는 앞장서서 걷기 시작했다. 윤석이 황급하게 그 뒤를 따랐다. 안소니는 그 모습을 보며 웃음을 지었다.

빵집에서

시내로 나온 안소니는 제법 큰 빵집으로 윤석을 데려갔다. 윤석은 연신 입맛을 다시고 있었다. 안소니는 쟁반을 들고 나가 이것저것 빵을 담아 왔다.

맛깔스런 빵들이 눈앞에 산처럼 쌓이자, 윤석의 눈이 휘둥그레졌다.

"자, 먹자."

안소니가 호탕하게 말하면서 포크로 빵 한 조각을 찍어서 입 안에 넣다 갑자기 멈추었다.

“왜 안 먹니? 어어, 너, 울고 있니?”

안소니는 당황스러웠다. 윤석의 눈에서 갑자기 눈물이 뚝뚝 떨어지고 있었던 것이다.

“너, 왜 그래? 무슨 일이야?”

“엄마……. 누나……. 엉엉.”

갑자기 울어 대는 윤석이 때문에 안소니는 당황하였고, 주변에 있던 사람들이 모두 두 사람을 바라보았다.

안소니는 얼른 윤석을 달래면서 말했다.

“자자, 이름이 윤석이랬지? 그래, 울지 말고 이 형한테 이야기해 봐. 왜 그러는 거야?”

“엄마하고 누나도 빵 잘 먹어요. 그래서…….”

그 말을 들은 안소니는 갑자기 콧날이 시큰거리는 것을 느꼈다. 지저분해 보이던 윤석의 얼굴이 귀엽게 보이는 것은 그다지 신기한 일이 아니었다.

“흠흠, 걱정 말거라! 내 누나와 엄마 것은 따로 사줄게.”

그 말을 들은 윤석이 눈을 빛내며 물었다.

“먼저 엄마한테 갖다 주고 오면 안 돼요?”

‘어째 남매가 이리도 비슷할까?’

입가에 쓸쓸한 미소를 짓던 안소니는 갑자기 부모님 생각이 났다. 그리고 보니 자신은 이 조그마한 녀석에 비해서 효도란 것을 얼마나 생각해 보았을까? 지금 먹을 빵 값조차도 내 스스로 번 것이 아닌데.

"그래, 알았다. 우리 빵 싸 들고 먹으면서 갈까?"

윤석의 눈이 반짝이며 빛이 났다.

"예."

안소니는 자리에서 일어서며 말했다.

"여기 빵 좀 싸주세요."

점원에게 빵을 싸달라고 말해 놓은 안소니는 크림빵 하나를 우유와 함께 윤석의 손에 쥐어주었다.

"자, 빵을 싸는 동안 먹어라."

"감사합니다."

인사를 하자마자, 윤석은 허겁지겁 입 안으로 빵을 쑤셔 넣었다. 그 모습에 안소니는 놀라서 윤석을 바라보았다.

'저렇게 배가 고팠으면서도……'

새삼 윤석을 다시 보게 된다.

안소니는 윤석의 등을 토닥거리면서 말했다.

"지자, 천천히 먹어야지. 먼저 우유부터 마시고."

"컥컥."

괴상한 소리를 내며 윤석은 빵이 가득 들어찬 입 안에 우유를 다시 들이붓고 있었다.

그날 윤석은 그 자리에서 빵 다섯 개와 우유 세 개를 다 먹고
서야 손을 털었다.

손님들이 멍하니 윤석과 안소니를 보고 있었다.

"아하하."

안소니는 아주 계면쩍은 표정으로 웃고 말았다.

역시 이 남매는 참으로 적응하기 힘들다.

골목길에서

윤석은 콧노래까지 부르면서 부지런히 걷고 있었다. 한달음
에 집에 도착하지 못하는 것이 한인 듯, 윤석은 무거운 빵 봉지
를 들고도 무거운 줄을 모른다.

안소니가 든다고 해도 막무가내로 자신이 든 윤석은 보물인
양 빵 봉지를 꼭 끌어안고 있었다. 윤석이 좋아하는 모습을 보
니, 안소니는 자신도 즐거워지는 것을 느꼈다. 뭔가 큰일이라
도 한 듯 성취감이 들기도 하였다.

자신이 행한 작은 일로 누군가가 즐거워한다면, 정말 보람을
느끼는 일이란 것도 알았다.

즐거운 마음으로 길을 걷던 안소니는 갈라지는 골목길 맞은
편에서 걸어오는 여학생을 보고 약간 긴장을 하였다. 그러나
여학생은 그가 생각했던 윤희가 아니었다. 실망감이 들자, 오
히려 당황스러웠다.

'내가 왜 실망을 하는 거지? 그런데 설마 지금까지 외눈박이
랑 있는 것은 아니겠지?'

안소니는 은근히 불안한 마음이 들었다. 그때였다.

"윤석아."

갑작스런 부름에 윤석이 고개를 돌리고 자신을 부른 여자를
향해 뛰어갔다.

"누나."

안소니는 가슴이 두근거리는 것을 느끼고는 당황했다.

미처 준비하지 못하고 윤희를 맞이하는 듯한 느낌.

그런데 왜 당황스럽단 말인가?

그냥 보면 되지.

안소니는 자신의 마음을 몰라 갈피를 잡기 어려웠다.

자꾸 낯선 감정들이 그를 흔들어놓고 있었던 것이다.

윤석이를 다독거리던 윤희는 윤석의 손에 들린 빵 봉지를 보
고 놀란 듯이 물었다.

"석아! 너 그거?"

“이거 누나 친구가 사줬어. 저 형이.”

윤희의 시선이 안소니에게 향했다.

“험험.”

안소니는 괜히 헛기침을 하며 윤희의 눈치를 살폈다. 이전에 실수한 것이 영 꺼림칙했던 것이다.

“어떻게?”

“뭐, 내가 혹시 놓고 간 것이 있나 해서…….”

“아! 잠시만.”

윤희는 얼른 가방에서 예이츠 시집을 꺼내 들었다.

‘어라, 내가 저것을 두고 갔었네. 그런데 난 왜 지금까지 모르고 있었지?’

얼결에 댄 핑계가 사실이 되는 순간이었다. 그러고 보니 뭔가에 빠져 있느라 자신이 항상 읽고 있던 시집을 잃어버린 것도 모르고 있었다.

‘그런데 내가 요즘 정신을 어디에 놓고 있었던 거지?’

자신의 우둔함을 탓하면서 안소니는 멋쩍게 웃으며 말했다.

“아하하, 거기 있었네. 고마워. 그런데 어디 갔다 이제야 오는 거냐? 흠흠. 여자가 늦게까지, 아니, 어머니도 아프신 것 같은데.”

안소니는 자꾸 입에서 이상한 소리가 나오자 다시 한 번 당황했다.

“잠시 볼일이 있었어.”

“볼일은 무슨. 남자랑 영화나 보고, 아니, 험. 그래, 아르바이트라도 했나 보지. 손에 먹을 것도 사 들고 오네.”

안소니는 윤희의 손에 들린 종이 봉지를 보면서 말했다.

분명히 외눈박이가 사준 마늘빵일 것이다.

갑자기 속이 부글부글 끓어오르는 안소니였다.

“누가 사준 거야.”

“그, 그래. 흠, 내가 사준 빵이 더 좋은 거야. 너, 그거 아냐?”

안소니는 다시 엉뚱한 말을 하고 말았다.

윤희는 조금 이상하다는 듯이 안소니를 보았다.

‘종이 봉지 안에 든 것이 빵인 줄 어떻게 알았지?’ 하는 표정.

“하하. 뭐, 그렇다는 말이지. 그런데 어서 가봐야 하지 않아? 어머님이 기다리실 텐데.”

말해 놓고 보니 핑계는 제대로 대었다.

윤희는 고개를 끄덕이고 윤석의 손을 잡으며 말했다.

“고마워. 석이가 배가 고팠을 텐데.”

“아, 아니, 뭐. 흠흠. 그런데 자, 잘 가라고. 나는 이만 집에 갈게.”

윤희는 망설였다. 지금 그렇게 안소니를 보내기는 싫었지만 집으로 가자고 할 수도 없고, 그렇다고 엄마 혼자 계신데 여기서 더 머뭇거릴 수도 없었다.

안소니는 막상 간다고 말은 했지만, 은근히 윤희가 자신을 잡아주길 기다렸다.

설마 여기까지 와서 빵까지 사주었는데.

"조심해서 잘 가."

"컥."

안소니는 자신도 모르게 휘청거렸다.

'제길.'

속으로 투덜거리면서 안소니는 획 돌아서서 발걸음을 옮겼다. 정말 마음에 안 드는 계집이 분명했다.

윤희 역시 아쉽지만 어쩔 수 없다는 듯 돌아서서 걸음을 옮겼다. 그렇게 천천히 둘 사이가 멀어질 때였다. 갑자기 걸음을 멈춘 안소니가 돌아서더니 큰 소리로 말했다.

"야, 윤희야!"

윤희는 마치 기다렸다는 듯이 돌아섰다. 안소니는 무슨 말인가 할 게 있는 것 같아서 윤희를 불렀는데, 막상 그녀가 돌아서자 할 말을 잃고 말았다. 잠시 머뭇거리던 안소니는 큰 소리로 고함을 치듯이 말했다.

"잘 있어. 난 잘 간다. 그리고 계집애가 좀 일찍 다녀."

획 돌아서서 의젓하게 걸어서 골목 안으로 사라지는 안소니의 뒷모습을, 윤희는 멍하니 쳐다보다 윤석의 손을 잡고 돌아섰다.

'설마 나를 걱정해 주는 건가? 아니겠지. 뭐, 그냥 인사말일 거야. 괜히 기대 같은 거 하지 말자.'

그녀는 다짐을 하면서 돌아섰다. 그러나 감정이란 이성으로 통제할 수 있는 것이 아니었다. 자꾸 안소니가 한 말이 신경 쓰였다.

골목길 안으로 들어선 안소니는 빠르게 자신의 몸을 벽에 대고 가쁜 숨을 몰아쉬었다. 그리고 사정없이 자신의 손으로 머리를 쥐어박았다.

'아이고, 이 바보야. 네가 뭔데 그녀에게 일찍 다녀라 마라 하는 것이냐? 으이구. 혹시 내 말에 자존심이 상한 것은 아닐까?'

갑자기 걱정스러워진다.

'제길, 그런데 왜 이렇게 얼굴이 화끈거리지?

도대체 영문을 알 수가 없었다.

터벅거리며 길을 걷던 안소니는 윤석과 함께 빵을 먹던 빵집까지 왔다. 걸음을 멈추고 빵집 안을 들여다보았다. 허겁지겁 빵을 먹던 윤석의 모습이 생각났다. 자신도 모르게 입가에 미소가 걸리고 말았다.

'그 텁텁한 빵이 그렇게도 맛이 있을까?'

참으로 신기했다.

안소니의 머릿속에서 시간이 천천히 조금 전으로 돌아갔다. 배에서 쪼르륵 소리가 나는데도 엄마와 누나를 챙기던 윤석의 모습. 신선한 충격이었다.

자신은 뭔가를 먹으면서 부모님을 생각한 적이 한 번도, 단한 번도 없었다.

'뭐, 우린 부자니까. 부모님이 굶거나 하지는 않으니까.'

그렇게 생각하기도 했지만, 뭔가가 개운하지 않았다. 아까 윤석에게 받은 충격을 조금씩 생각하면서 안소니는 천천히 걸음을 옮겼다.

스쿠터를 타고 오지 않았기에, 평소라면 당장 택시를 탔을 것이다. 그러나 오늘은 좀 걷고 싶었다. 그러고 보니 걸으면서 보는 거리 풍경은 스쿠터를 타고 달릴 때와는 또 달랐다. 스쿠터를 타고 달리면서 거리를 찬찬히 보지는 못한다. 그저 스치듯이 보는 것이 전부였다. 이리저리 살필 수도 없다.

'그러고 보니 나는 앞만 보고 달렸다.'

문득 아버지의 모습이 떠올랐다.

항상 쓸쓸해하던 모습.

하나뿐인 자식인 자신은 그것을 이해하려고조차 한 적이 없었다.

아버지에 대한 생각이 떠오르자 수많은 것들이 꼬리를 물고 줄줄이 끌려온다. 그리고 자신은 정말 그분에게 완벽한 타인이었다는 것을 느낄 수 있었다.

'대체 아버지 연봉이 얼마였지? 그러고 보니 아버지에게 한 번도 용돈을 받은 적이 없네. 늘 엄마가 주는 돈으로 충분했지. 아버지는 내가 너무 많은 돈을 쓴다고 싫어하셨고.'

안소니는 이런저런 생각을 하며 걷다가 갑자기 걸음을 멈추었다. 그곳에는 작은 포장마차에서 닭꼬치를 팔고 있었다.

'맞아. 아버지는 저 닭꼬치를 좋아하셨지.'

안소니의 걸음이 저절로 포장마차로 향했다.

닭꼬치와 라면

'덜컥' 하는 소리와 함께 문이 열리면서 안소니가 안으로 들어왔다. 그의 손에는 가방 이외에도 두툼한 비닐봉지가 들려 있었다. 모처럼 일찍 집에 들어온 병국은 TV를 보고 있다가 일어서면서 말했다.

"왔구나."

"왔으니까 제가 여기 서 있죠."

안소니는 대답을 하면서도 참 멋대가리 없는 대답이라고 생각하였다. 물론 아버지는 으레 그러려니 하고 개의치 않았다.

"밥은 먹었냐? 안 먹었으면 시켜줄까?"

아버지의 물음에 안소니는 가방을 한쪽에 던져 놓고 아버지를 바라보았다.

"아뇨. 아버지는 식사하셨어요?"

병국이 조금 의아하단 시선으로 안소니를 바라보았다. 아들이 자신에게 밥을 먹었냐고 묻는 말이 무척 생소했던 것이다. 그리고 보니 언제나처럼 '왔어요' 라는 말 한마디를 던지고 제 방으로 쑥 들어가 버리던 것과는 뭔가 조금 달랐다.

"뭐, 나도 오늘은 좀 시켜 먹을까 하고 망설이는 중이다."

"뭐 하는데 시켜요. 밥이야 해서 먹으면 되지."

"좀 귀찮아서."

"그럼 라면이나 끓여 먹죠."

"그럴까? 그럼 좀 기다려라. 내가 끓여주마."

"계세요."

"응? 뭐라고?"

안소니의 변화에 적응을 하지 못한 병국은 어리둥절해하였다. 안소니는 조금 짜증 섞인 목소리로 말했다.

"계시라고요. 라면 같은 것은 아들이 끓이는 거라고요."

"으, 응? 그런가?"

병국이 머뭇거리자 안소니는 봉투 안에서 또 다른 작은 봉투를 꺼내 들었다. 그 안에는 닭꼬치 몇 개가 들어 있었다. 안소니는 어색하게 그것을 들었다가 한 개를 쑥 뽑아 입에 넣으면서 말했다.

"배가 고파서 내가 먹으려고 몇 개 샀어요. 맛도 더럽게도 없네. 라면 끓이는 동안 드시고 싶으면 드세요."

안소니는 닭꼬치를 씹으면서 작은 봉지를 병국의 앞에 툭 던져 놓았다.

"으, 응. 그래도 될까? 허허, 이게 그래도 무척 맛있는 거란다. 너도 이걸 좋아할 줄 몰랐다."

병국은 입맛을 다시면서 얼른 닭꼬치 봉지를 주워 들었다.

안소니는 그 모습을 힐끔 쳐다보고 작은 봉지를 손에 든 채 터덜터덜 부엌으로 갔다. 부엌으로 들어간 안소니의 얼굴이 마구 구겨졌다.

'제기랄, 냄새 지독하네. 대체 이걸 무슨 맛에 좋아하시는 거

지. 아이고, 역겨워라!'

안소니는 당장 뱉어버리고 싶었지만, 그러기도 뭐해서 할 수 없이 그냥 씹었다. 한참 씹다 보니 그 역한 냄새나 맛도 그런대로 견딜 만해졌다.

'어디, 그럼 라면이나 끓여볼까?'

호주 유학 시절, 다른 것은 몰라도 라면 끓이는 솜씨만큼은 제대로 배워 왔던 안소니다.

턱.

맛있게 닭꼬치를 먹던 병국은 안소니가 내놓은 라면을 보고 놀란 시선으로 아들을 보았다.

집에서 라면 끓이는 것을 한 번도 본 적이 없었는데, 그냥 보기에도 상당히 맛나게 끓여놓은 라면이 자신 앞에 있는 것 아닌가? 거기에 집에 있던 잘 익은 김치까지.

"야, 이거, 정말 제법이네. 제대로 끓인 냄새가 난다. 흠흠."

병국의 얼굴이 환해졌다.

"흠. 잠시 기다려요."

안소니는 다시 부엌으로 가더니 이번에는 햇반 두 개를 들고 왔다.

"뭐, 국물에 말아 먹으면 그런대로 먹을 만할 거예요."

병국은 감격한 표정으로 말했다.

"이야, 밥까지. 이거 정말 진수성찬이구나."

병국은 저절로 군침이 도는 것을 느꼈다.

병국은 안소니가 자리에 앉자마자 젓가락을 들고 말했다.

"자자, 어여 먹자. 후루룩. 캬, 맛있다."

병국은 정말 정신없이 라면을 먹었다. 집에서 누가 끓여주는 라면을 먹은 게 십 년 전쯤 되었을 것이다. 그것만으로 이미 충분하게 감격한 병국이었다.

아들이 끓여준 라면 국물에 햇반을 말아 떠먹고 잘 익은 김치를 입 안에 넣고 씹는 맛이란.

안소니는 라면을 먹으면서 힐끔 아버지를 보고 코웃음을 치며 투덜거렸다.

'저 양반이 생전 라면을 처음 먹어보나. 무지 맛있게 먹네.'

뭐, 나쁜 기분은 아니었다. 그러고 보니 자신도 식욕이 당겼다.

후루룩 후루룩, 두 사람은 정신없이 라면을 먹었다.

7. 동정과 동경

별처럼 바람처럼

밤은
짙은 안개 속,
나의 꿈을 끌어안고 깨어납니다.

그러면
그녀는

검은 빛
비단천을 두른
먼 건물 밭이랑 새로,
얼핏 보였다가 바람에 쓸리듯 멀어집니다.

내 손에 잡힐 듯 기다리는,
내가 다가선 만큼 멀어지는 수평선 같습니다.

주인 없는 가로등이,
달빛에 기대어 잠이 들면,
차가운 바람이 어깨를 스치고

보고 싶다 아우성을 칩니다.

꿈을 꾸는 별처럼
나는 하늘에 올라
사랑을 쫓아가는 나그네가 되었습니다.

빛이 죽어가는 새벽처럼,
당신은 어느새 나를 아프게 하는 불치의 병이 되었습니다.

이렇게,
이렇게.

이건 동정이야

"별 하나, 별 둘, 별 셋……."
늦은 밤, 잠이 오지 않자 안소니는 집 옥상에 올라가서 서울
의 지독한 스모그를 뚫고 빛을 발하는 별들을 세기 시작했다.
"별 아홉, 별 열, 윤희……. 아, 아니지, 여기서 왜 그 계집애
이름이 나오는 것이냐? 제기랄."
마음이 진정되지 않는 밤이었다.

멍하니 하늘을 본다.

유난히 밝은 별 하나가 눈에 보인다.

손을 들어보았다.

'잡을 수 있을까?'

물론 잡을 수 없다.

'윤희도 저 별과 같은 것인가? 눈에 보여도 잡을 수 없는 별처럼. 그렇게 빛만 내다 사라지는 것 아닐까?'

갑자기 불안해졌다.

그러면 안 된다.

잡을 수 없는 별이 되면 안 된다.

밤이면 항상 그 자리를 지키는 별이 아니라도 좋았다.

잠깐이라도 자신 곁에 있을 수 있다면 그까짓 거 뭐든지 감수할 수 있을 것 같았다.

'헉, 뭐야? 왜 그런 생각이 드는 거지?'

이건 조금 위험하다.

안소니는 고개를 흔들었다.

'설마 내가 지금 그 계집애를 생각하고 있는 것은 아니겠지? 그래, 맞아. 그 계집애 불쌍하잖아. 그러니까 동정을 느끼고 있는 거야. 뭐, 내가 그래도 인간성 하나는 좋으니까.'

안소니는 그렇게 결론을 내렸다. 마지막에 '빌어먹을' 이라고 내뱉은 말만 아니면 완벽한 마무리였다.

단지 동경일 뿐이야

툭.

돌 하나가 윤희의 발에 채여 언덕 아래로 데구루루 굴러간다.

'잘 굴러가네. 내 인생도 저렇게 잘 굴러갔으면.'

그러나 지금으로선 어디에도 그 틈이 보이지 않는다.

나쁘게 말하면 희망이 없는 것이다.

문득 안소니의 모습이 떠오른다.

빵 봉지를 들고 좋아하는 동생과 동생이 가져온 빵을 먹으면서 '이거 참 맛있다. 야, 너도 먹거라!' 하면서 열심히 권하시던 어머니의 모습이 아른거린다.

결국 한 개만 먹고 나머지를 한쪽에 슬쩍 놓으셨다.

"더 드세요."

하였더니,

"퍽퍽하고, 그저 그러네. 난 목이 메어 못 먹겠다. 맛도 별로

네. 역시 조선년은 밥이 제일이지.”

윤희는 알고 있었다. 남겨서 윤석이나 자신이 먹을 수 있게 드시지 않은 것이란 걸.

해가 지는 달동네의 모습은 조금 안정적이다. 보기 흉한 판잣집들이 검은 천에 가려지는 모습은 윤희의 가슴을 파고들곤 했다.

치부를 가려주는 어둠.

그래서 윤희는 밤이 좋았다.

양지를 추구하는 것은 인간의 본능이다. 그것을 배반하고 어둠 속으로 숨고 싶어하는 것은 자신의 모습이 추레하기 때문이다.

‘양지.’

윤희는 문득 안소니의 모습이 떠올랐다.

그저 생각하는 것만으로 좋았다.

‘기대고 싶어지는 마음만 아니라면, 정말 좋을 텐데.’

윤희는 자신의 그런 마음이 싫었다.

괜히 나중에 상처만 받을 것 같았고, 자칫하면 안소니에게 안 좋은 인상만 줄 것 같았다. 차라리 잘 모르고 지내면 자신의 나쁜 모습은 보여주지 않아도 될 것 같았다.

예쁘고 좋은 면만을 보이고 싶어하는 여자의 본능 같은 것이 윤희의 마음을 강하게 제어하는 것이다. 그러나 가난하다는 이유만으로 안소니에게 기죽고 싶지는 않았다.

'그래, 나는 안소니를 좋아하는 것이 아니라 동경하는 것이야. 안소니가 아니라 안소니가 가진 부를 부러워하는 것이야. 나의 속물근성이 안소니를 쫓아가는 것이지, 나의 이성과 감성이 안소니를 좋아하는 것은 아닐 거야.'

윤희는 그렇게 결론을 내렸다.

분명히 그럴 것이라고 생각했다.

'그런데 왜 자꾸만 그 결론을 반복하고 있는 거지?'

윤희는 고개를 휘휘 저었다.

안소니의 모습이 흩어졌다가 다시 뭉친다.

'빵 때문이야. 나에겐 빵이 필요하잖아.'

윤희는 자리에서 일어섰다.

터벅거리며 걷는 그녀의 긴 그림자가 무척이나 무겁게 늘어지고 있었다.

그녀가 걸음을 멈추고 돌아본다.

'혹시 무엇인가 남기고 가는 것은 없을까?'

윤희가 있던 자리에는 아무것도 없었다.

있다면 그녀의 가슴에 남은 '미련' 이라는 감정뿐이었다.

'동경이라니까?'

그녀는 강하게 다시 한 번 부정하였다.

그게 그녀에게 더 편한 것이다.

내 오빠다

학기와 다섯 명의 패거리는 신이 났다. 학생들에게 뜯은 삥이 제법 되었고, 오늘은 학교도 일찍 빠져나와 시간도 넉넉했다. 사실 학교에서는 학기 패거리가 나가든 말든 신경도 쓰지 않았다.

하도 말썽 많은 무리라 어지간하면 그냥 눈 감고 넘어가는 것이 상례로 된 것이다. 그들의 뒤로는 외눈박이가 주춤거리며 따르고 있었다.

한강 둔치는 넓다. 평일의 지금 시간이면 한적한 곳은 얼마든 있었고, 그들은 능숙하게 그런 곳을 찾아들어 가 자리를 잡고 앉았다.

"자자, 어서 준비한 깃을 써내라고."

학기가 의젓하게 담배를 꼬나물며 말하자, 패거리 중에 한 명이 가방에서 무엇인가를 꺼내기 시작했다. 그것은 제법 독한

술이었다. 그리고 미리 준비했는지 안주 몇 가지와 술잔까지 있었다. 그것을 본 학기 일행은 환호를 질렀다.

"와아, 역시 주정답게 준비가 철저하구나."

학기가 감탄한 표정으로 이야기하자, 술을 준비했던 학생이 어깨를 으쓱하며 말했다.

"내가 누구야? 그러니까 주정 아니겠어."

모두 그 말에 왁자하니 웃었다.

학기가 미묘한 웃음을 머금고 말했다.

"그럼 상을 준비해야겠군."

"그래야지."

주정이 외눈박이를 보며 대답하자, 학기 역시 고개를 끄덕이고 외눈박이를 바라보았다.

"야, 쪽눈. 이리 와서 술상 차려라."

외눈박이는 터덜거리며 걸어온 다음, 그들 가운데에 발과 손을 디디고 엎드렸다. 어떻게 했는지 등이 편편해졌다. 외눈박이가 엎드리자, 두 명의 패거리가 편편한 모양의 나무판을 들고 와서 외눈박이 등 위에 올려놓았다.

그렇게 하자 네 다리를 가진 상이 하나 만들어졌다. 학기 일행은 그 위에 술잔과 안주 등을 올려놓고 서로 돌아가며 술을 따르기 시작했다.

“캬, 이 맛이라니까.”

“좋구나.”

그들은 와자하니 떠들면서 술을 마시기 시작했다. 그때 학기의 발이 외눈박이의 손을 슬쩍 밟았다. 아픔에 외눈박이의 몸이 흔들리면서 술상도 따라 흔들리고 말았다.

학기의 눈살이 찌푸려졌다.

“이런 씨발, 술상이 흔들리면 되나. 어, 그러면 되겠냐고! 이거, 영 부실하네.”

그는 손으로 발로 외눈박이의 뒤통수를 툭툭 치며 말을 이었다.

“야, 말을 해, 인마. 술상이 흔들리면 되냐고?”

“미, 미안해.”

외눈박이의 말에 주정이 어이없다는 표정으로 말했다.

“이거 술상이 말을 다 하네. 미친 거 아닌가?”

패거리 중 머리를 박박 민 녀석이 얼굴을 외눈박이에게 디밀며 그 말을 받았다.

“아마도 귀신 들렸나 보다.”

“그럼 귀신 잡아야겠네.”

“어떻게 잡는데?”

“그야, 우선 술상을 패야지. 그럼 귀신이 아파서 떨어지겠지. 그때 귀신을 잡으면 돼.”

외눈박이의 얼굴이 굳어졌다.

학기가 박수를 치며 말했다.

“그거 멋지다. 그럼 우선 아까운 술은 치우고.”

학기의 말이 끝나자, 순식간에 술잔과 안주가 치워졌다. 그때 마른 체형의 학생이 말했다.

“하지만 귀신이 불쌍하지 않나? 맞으면 아플 텐데.”

“그래도 우짜냐? 이렇게 흔들리는 술상에서 술을 마시면 멀미 난다. 혹시 모르지 돈으로 보상을 해준다면 용서할지도.”

결국 돈 달란 소리였다. 외눈박이는 빠르게 한 손으로 주머니에서 만 원을 꺼내었다. 돈을 본 학기가 피식 웃었다.

“이 귀신이 우릴 거지로 아네, 이거.”

“이, 이거밖에 없는데.”

“허, 이런 씹새가, 내 미리 준비하라고 안 했나?”

고함을 지르면서 학기가 발로 외눈박이의 배를 걷어찼다.

‘픽’ 하는 소리가 들리면서 외눈박이가 두 손으로 배를 잡고 웅크렸다. 패거리들이 우르르 몰려들어 다시 외눈박이를 구타하려고 할 때였다.

“이제 그만들 하지.”

조금 날카로운 목소리에 모두 소리가 난 곳으로 고개를 돌렸

다. 그곳엔 늘씬한 몸매의 여자가 헬멧을 쓰고 서 있었다. 그리
고 그녀의 옆구리엔 목검이 들려 있었다.

학기 패거리들은 '어라' 하는 표정으로 그녀를 바라보았다.
제일 먼저 주정이 어이없다는 얼굴로 말했다.

"야, 저거 미친년 아닌가? 괜한 일에 끼어들지 말고 빨리 가
거라! 아님 니, 이리 와서 우리에게 한번 줄래? 내 잘해줄게."

"재수없는 새끼."

차가운 목소리와 함께 그녀는 쓰고 있던 헬멧을 벗어 던졌
다. 그녀의 얼굴을 본 학기 일행의 얼굴이 흠칫했다. 헬멧 속의
얼굴은 그들도 잘 아는 얼굴이었던 것이다.

학기가 한 손을 들어 다른 학생들을 저지하며 말했다.

"야아, 이게 누구야, 무쓸모의 짱, 옥선이구나."

옥선의 입가에 차가운 냉소가 걸렸다.

"옥선이라는 이름이 개나 소나 다 부르라고 있는 이름 아니
거든. 그러니까 넌, 내 이름 부르지 마라."

학기의 표정이 굳어졌다. 될 수 있으면 옥선이와 부딪치고
싶지 않았던 것이다.

"남의 일에 참견하지 말고 그냥 가면 안 되겠냐?"

"그렇게는 못하겠는데. 그리고 남의 일도 아니고."

학기를 비롯해서 일진회의 학생들은 모두 안색이 굳어졌다.

“지금 도발하는 것이냐? 그리고 남의 일이 아니라니?”

옥선이 한 발 앞으로 나서며 말했다.

“너라면 네 동생이나 누나가 지금 외눈박이처럼 당한다면 가만히 있겠냐? 응? 넌, 그럴래?”

학기의 눈살이 찌푸려졌다. 대체 옥선이와 외눈박이가 어떤 관계기에?

“그건 무슨 뜻이냐?”

“별거 아니야. 내게 이란성 쌍둥이인 오빠가 하나 있는데, 문제는 눈이 하나뿐이란 것이지.”

학기를 비롯해서 일진회 학생들의 표정이 굳어졌다. 그들은 설마 하는 표정으로 외눈박이와 옥선을 번갈아 보았다. 외눈박이는 옥선이 자신의 동생임을 자인하자, 오히려 학기나 일진회 학생들보다 더 놀라고 말았다.

외눈박이는 얼른 자리에서 일어나 옥선을 보며 말했다.

“내 일이다. 그러니 상관 말고 넌 어서 돌아가.”

옥선은 외눈박이를 외면한 채 강경한 어조로 말했다.

“오빠는 내 일에 끼어들지 마. 그렇지 않아도 일진회라고 껄떡거리는 저 자식이 정말 마음에 들지 않았거든.”

외눈박이는 다시 한 번 놀랐다. 자신에게 분명 오빠라고 했다. 생전 들어보지 못했던 호칭이었다.

학기의 얼굴이 굳어졌다.

"이런 쌍년이 있나. 학교에서 조금 잘 나간다고 대접을 해주려 했더니, 날 푸줏간 고기 취급하네."

학기가 얼굴을 삐딱하게 기울이며 옥선을 노려보며 한 말이었다. 옥선의 입가에 미소가 떠올랐다.

"그래, 그렇게 나와야 재미있지, 학기야."

갑자기 다정하게 자신을 부르자, 학기는 묘한 표정으로 옥선을 보았다.

"너, 이제 다 까불었니?"

학기의 표정이 딱딱하게 굳어졌다.

"이년이 날 놀려? 오늘 이년을 잡아서 오랜만에 고기 맛 좀 보자."

그 말을 들은 일진회 학생들의 표정이 묘하게 변하면서 천천히 옥선을 둘러싸기 시작했다. 외눈박이가 불안한 표정으로 그들을 보며 천천히 자리에서 일어섰다.

주정이 옥선을 아래위로 훑어보면서 말했다.

"그렇지 않아도 내 짱을 한번 품고 싶었는데, 이리 기회를 주면 나야 고맙지이……."

옥선의 입가에 비웃음이 실렸다. 그녀는 주정을 쳐다보지도 않고 학기를 보며 말했다.

"야, 불알 단 놈이 치사하게 놀지 말고 나랑 일 대 일 어때?"

학기가 고개를 흔들었다.

"싫다. 네년의 목검에 상처 입으면 나만 손해 아닌가? 나는 쉬운 게 좋거든."

옥선이 고개를 끄덕이며 말했다.

"멍청한 자식이 비겁하기까지 하군."

"비겁한 것이 아니라 현명한 것이다, 이년아."

"그래? 그럼 나도 현명해야겠군."

옥선의 말에 모두 어리벙벙한 표정으로 그녀를 보았다. 옥선이 손가락을 입에 넣고 길게 휘파람을 불었다. 그러자 '위잉' 하는 소리가 여기저기서 들리면서 십여 대의 스쿠터가 몰려오기 시작했다. 스쿠터에는 모두 두 명씩 여학생들이 타고 있었는데, 그녀들은 모두 몸에 착 붙는 트레이닝복 차림에 허리에는 어김없이 목검을 차고 있었다.

그리고 풀숲 여기저기서 같은 차림의 여학생들이 걸어 나왔다. 그들의 선두에는 소위 무쓸모의 육대 여조장이라고 알려진 여학생들이 서 있었다. 학생들은 그녀들을 여섯 마리의 구미호라고 했다.

학기의 안색이 일변했다.

"소녀검대."

이들은 무쓸모를 비롯한 일곱 개 여학교의 여학생들이 조직한 서울 최강의 여자 일진이었다. 이 소녀검대의 두목은 흑화라고만 알려져 있었지, 그녀가 누구인지는 전혀 알려져 있지 않았다. 그러나 지금 상황에서라면 이들의 두목이 누구인지 알 수 있을 것 같았다.

학기의 표정이 굳어졌다. 무쓸모의 여짱인 줄만 알았다. 그래서 조금 쉽게 생각했다. 제아무리 무쓸모의 여짱이라 해도 무쓸모의 진정한 일진회와 견줄 수는 없는 것이다. 그러나 소녀검대라면 다르다.

이미 무쓸모보다 강하다고 알려진 3개 교의 일진회가 소녀검대에 의해 와해되었던 것이다.

학기와 일진회 학생들은 자신도 모르게 뒤로 두어 걸음 물러섰다. 그 사이에 여학생들은 모두 목검을 뽑아 들고 그들을 몇 겹으로 둘러싸고 있었다.

"쳐!"

옥선의 고함과 함께 무쓸모의 조장들이 일제히 학기 일행을 덮쳤고, 뒤를 이어 수십 명의 여학생이 달려들었다.

"너는 최선을 다해서 반항을 헤보아라!"

옥선은 자신의 목검을 학기에게 똑바로 겨눈 채 말하였다. 학기는 이판사판이라고 생각하자, 오히려 오기가 생겼다.

"그래, 이 씨발년, 내 오늘 여기서 죽어도 네년이랑 같이 죽고 만다."

옥선의 입가에 미소가 걸렸다.

"제법 웃기는 고기일세. 그럼 반항 잘해봐."

동시에 옥선의 목검이 무서운 기세로 학기를 향해 덮쳐 갔다. 학기는 기겁을 하고는 옥선의 목검을 피하려 하였다. 그러나 옥선의 목검은 그렇게 쉽게 피할 수 있는 것이 아니었다.

머리를 향해 오던 목검이 기묘하게 회전하며 엉뚱한 곳을 가격했던 것이다. '딱' 하는 소리가 들리면서 옥선의 목검은 학기의 손목을 후려쳤다.

전혀 예상하지 못했던 공격이라 학기는 피할 수가 없었다.

"크윽."

뼈가 부러지는 고통에 학기는 이를 악물고 참았다. 비록 공격을 당했지만, 공격을 한 후 목검을 회수할 때가 자신이 공격할 때라고 생각한 것이다. 그러나 손목을 친 목검은 회수되지 않고 그대로 위로 쳐 올라가며 학기의 턱을 쳤다. '딱' 하는 소리와 함께 턱을 친 목검은 다시 앞으로 죽 밀려가며 이번에는 학기의 목을 찔렀다.

일격삼타의 공격은 학기를 완전히 그로기(groggy) 상태로 몰고 갔다. 그러나 그래도 그는 일진회의 조장이었다. 그 상태에서도 목을 찌른 목검을 아픈 손과 성한 손을 이용해서 단단하게 잡을 수 있었다.

그때 옥선의 발이 학기의 낭심을 걷어차 버렸다.

"커억."

비명과 함께 학기의 눈동자가 돌아가며 목검을 잡은 손에 힘이 빠졌다.

'털썩' 하는 소리와 함께 학기가 바닥에 쓰러지자 옥선은 그대로 다가가서 발로 학기의 얼굴을 걷어차 버렸다.

"이 개자식아, 뭐가 어째! 누구를 어쩌겠다고!"

발로 마구 밟힌 학기의 몰골은 아주 짧은 순간에 몬스터로 변해가고 있었다. 그리고 그와 함께 왔던 일진회의 학생들 역시 소녀검대에게 잡힌 채 집단으로 구타를 당하는 순간이었다.

누가 여자를 약하다 했는가?

잠시 후, 완전히 발가벗겨진 여섯 명의 일진회 멤버는 밧줄에 꽁꽁 묶여 한강 둔치 농구 골대에 나뉘어서 대롱대롱 걸려 있었다. 성한 이는 골라 봐야 한두 개 있을 것 같았고, 그들의 엉덩이에는 매직으로 다음 문구들이 적혀 있었다.

우리 모두 왕따 문화를 추방합시나.

친구를 괴롭히면 요리된다.
너도 왕따가 될 수 있다.
이런 씨발, 목욕 좀 해라. 에구, 냄새.
여자도 남자를 강간할 수 있다. 이히히.
생각있으면 아무나 가져도 됨.

다음날 인터넷 게시판은 이들의 사진으로 도배되었고, 그날로 무쓸모 고등학교 일진회는 와해되고 말았다. 뿐만 아니라 외눈박이를 괴롭혔던 이십여 명의 학생은 가혹할 정도의 보복을 당해야만 했다.

동생의 오토바이 뒤에 타고 집으로 돌아가는 외눈박이의 심정은 참으로 미묘했다. 대체 지금 상황이 어떻게 돌아가는지 분간이 되지 않았던 것이다.

'부우웅' 소리와 함께 오토바이가 멈추자, 오토바이에서 내린 외눈박이가 옥선을 바라보며 물었다.

"무슨 일이 있었냐?"

"무슨 일이라니, 그런 거 없어."

"그렇다면 다행이고."

옥선은 아무 말 없이 다시 오토바이를 몰고 밖으로 나가려다

외눈박이를 돌아보며 말했다.

"오빠면 오빠답게 당당하라고."

그 말을 끝으로 옥선은 어디론가 사라졌다.

외눈박이는 한동안 자리에 서서 옥선이 사라진 길 저편을 바라보았다.

줄다리기

윤희는 머릿속이 복잡했다. 정구와 약속한 시간은 점점 다가오고 있었지만, 돈을 마련할 방법이 없었던 것이다. 그렇다고 원조교제를 다시 하고 싶은 생각은 없었다.

처음에는 얼떨결에 무엇인들 못하랴 하는 마음이었고, 두 번째는 이래도 저래도 어쩔 수 없다면 될 대로 되라는 마음이었지만, 두 번의 위기를 넘기고 나자 그녀는 조금 더 원조교제에 대해 생각하게 된 것이다.

그리고 자신이 얼마나 위험한 짓을 하려 했는지 깨달았다. 가난은 극복할 수 있지만, 지금 잘못된 길을 가면 다시 기회는 오지 않는다. 시간이 거꾸로 흐를 수 있다면 모르겠지만. 자신

이 무사한 것은 돌아가신 아버지가 보살펴 주었기 때문이라고
생각하는 윤희였다. 윤희는 더는 엉뚱한 짓으로 돈을 벌고 싶
지 않았다.

　'하지만 어떻게, 어디서 돈을 마련하지?'

　문득 뭔가 고개를 들고 떠오르는 것이 있었다.

　'그래, 장기를 팔자. 장기라도 팔면 가능할 거야.'

　생각을 굳히자 마음이 조금 가벼워졌다. 그러나 장기까지 팔
아야 하는 신세를 생각하니 다시 슬퍼졌다.

　갑자기 안소니의 모습이 떠올랐다. 그러고 보니 자신이 완강
해진 것도 안소니를 알고 나서인 것 같은 느낌이 들었다.

　'이럴 때 곁에 있어준다면 얼마나 좋을까?'

　물론 바람일 뿐이었다.

　"흠, 허험."

　갑작스런 헛기침 소리에 놀란 윤희가 고개를 들었다가 다시
한 번 깜짝 놀랐다.

　거짓말처럼 안소니가 서 있었던 것이다.

　"웨, 웬일이야?"

　"하하. 안녕. 뭐, 너를 기다린 것은 아니고……. 하하."

　'멍청한 놈, 대체 무슨 말을 하는 거냐? 설마 정말 내가 새벽
부터 여기 와서 기다린 것을 눈치 챈 것은 아니겠지?'

안소니는 조마조마한 마음을 감추면서 말을 이었다.

"오랜만에 걸어서 학교를 가보는 중이야. 스쿠터를 타고 가다 보면 거리의 풍경을 그냥 지나치는 경우가 많아서. 그런데 여기서 아.주. 우.연.히 너를 만났네. 학교 가는 중이냐?"

"응."

"잘됐네. 그럼 같이 갈까?"

윤희는 그 말을 듣는 순간 얼굴이 확 붉어지는 것을 느꼈다. 얼른 몸을 돌려 얼굴을 감추면서 대답하였다.

"뭐, 안 될 것은 없지만……."

"하하. 그렇지."

'헉, 내 웃음이 바보처럼 보이지 않았을까? 원래 난 고상하게 웃는 편인데, 요즘 대체 내가 왜 그러냐? 에구구.'

안소니는 얼른 입을 다물고 슬쩍 윤희를 살폈다. 그러나 다행히 윤희는 별생각이 없는 듯했다.

둘은 그렇게 말없이 길을 걸었다. 그 시간은 겨우 십여 초에 불과했지만, 뭔가 어색한 두 사람에게는 무지 긴 시간이었다.

"그날……."

"어머님 병환은……?"

"어머, 미안. 먼저 말해."

"아니, 네가 먼저 말해. 레이디 퍼스트라는 말도 있잖아."

“응. 그러니까⋯⋯.”

윤희는 다시 말문이 막혔다. 무슨 말인가 해야 하는데, 지금 할 수 있는 적당한 말이 떠오르지 않았던 것이다.

“아침밥 먹었니?”

“하하. 뭐, 아침밥은 안 먹었어.”

“배 안 고파?”

“대신 빵과 우유는 먹었지.”

윤희는 피식 웃었다.

안소니가 슬쩍 윤희의 표정을 살피면서 물었다.

“어머님은 좀 어떠시니?”

“조금 나아지셨어.”

“그래? 그거 다행이다. 그런데 넌, 언제나 혼자다. 혹시 남친 같은 거 안 키우냐?”

안소니는 묻고 나서 후회했다.

‘그런 걸 뭐 하러 묻냐, 이 멍충아.’

윤희만 없었으면 스스로 한 대 쥐어박고 싶은 심정이었다. 무엇인가 마음 한구석을 들킨 듯한 기분.

윤희는 안소니의 질문에 고개를 흔들었다.

“그럴 겨를 없어.”

“그럼 앞으로도 남친 안 사귈 거냐?”

윤희는 고개를 숙이고 생각해 보았다. 과연 자신이 남자를 사귈 만한 자격이 있을까? 남자 친구를 사귄다면 미안해서 어떻게 바라보나 싶었다.

"사귀고 싶지 않아."

"하하. 그래?"

안소니는 무안할 정도로 당황하고 있었다.

얼굴이 딱딱하게 굳어졌다.

'여, 역시 나를 싫어하고 있었구나.'

안소니는 크게 실망하고 말았다.

먼 거리에서 외눈박이가 그들을 뒤따르고 있었다. 참으로 다정해 보이는 두 사람의 모습을 외눈박이는 외눈으로 지켜보고 있었던 것이다.

하늘이 준 선물

이제 조금 거동할 수 있게 된 윤희 엄마는 오랜만에 방 청소를 하고 있었다. 한참 이곳저곳을 닦아내던 윤희 엄마는 한쪽에 놓여 있는 봉투를 보고 집어 들었다.

아주 얇은 봉투라 안이 비쳐 보였다. 봉투 안에 손을 넣어 꺼내보았다. 두 장의 영화표. 이미 때가 지난 영화표였다.

윤희 엄마는 눈물이 핑 도는 것을 느꼈다. 영화표를 끊어놓고도 보지 못한 딸의 심정을 이해할 수 있었기 때문이다.

영화표를 다시 봉투에 넣으려던 윤희 엄마는 손에 잡히는 감촉이 조금 이상하다는 것을 알았다. 두 장인 줄 알았는데 표와 표 사이에 또 다른 뭔가가 있다는 것을 알았기 때문이다.

윤희 엄마가 눈치를 챈 걸 알았다는 듯 영화표 사이에서 수표 한 장이 툭 하고 떨어졌다. 놀라며 수표를 집어 들고 보는 윤희 엄마의 눈이 점점 커졌다.

"사, 사백만 원!"

이 돈이면 이자는 충분히 갚을 수 있을 것 같았다. 그러나 대체 어디서 난 돈이란 말인가? 윤희 엄마의 표정이 어두워졌다.

집에 돌아온 윤희는 방문을 열고 깜짝 놀랐다. 엄마가 울고 있었던 것이다. 그러다 윤희가 나타나자 엄마는 대성통곡하기 시작했다.

"대, 대체 무슨 일이에요, 엄마?"

"아이고, 이것아, 어쩌자고 그런 짓을 했냐, 응? 어서 가서 당장 물리고 와라. 내 장기를 팔아서라도 빚은 갚을 테니 어서 가서 돌리고 와, 이년아!"

"엄마, 무슨 말이에요?"

"아, 몰라서 물어?"

"그러니까 말을 해보세요, 말을."

"너 술집에다 몸뚱이 팔았지? 그렇지?"

"네에?"

윤희의 눈이 화등잔만하게 커졌다.

"그게 무슨 말이에요? 난 그런 일 없어요."

"그럼, 이 돈은 어디서 난 겨? 빨리 말을 해보란 말이여."

윤희 엄마가 사백만 원짜리 수표를 흔들며 말을 하자, 윤희도 영문을 몰라 어리둥절해했다. 그러다 엄마의 말을 듣고야 어찌 된 일인지 알 수 있었다.

"그게 엄마, 제발 흥분하지 말고 제 말 좀 들어보세요."

윤희는 떨리는 가슴을 진정하고 거리에서 한 아저씨를 만났던 이야기를 하였다.

"아르바이트를 해서 돈을 조금 벌었어요. 그리고 그날 집에 오는데……."

물론 어떤 아르바이트를 했는지에 대해서는 말을 하지 않았다. 이야기를 다 듣고 난 윤희 엄마는 다시 한 번 눈물을 주르륵 흘리면서 말했다.

"우리가 고생하는 것을 알고, 하늘에서 네 아버지가 잠시 내려왔었나 보다. 그럼, 이 돈을 써도 되는 것이냐?"

윤희는 가만히 생각해 보았다. 이제야 당시 아저씨가 했던 말을 이해할 수 있었다. 그리고 자신의 말을 듣고 아저씨가 도와주려 했다는 것도 알 수 있었다.

'고마워요, 아저씨.'

윤희는 마치 지옥에서 빠져나온 기분이 들었다. 이젠 당당하게 정구 일행을 맞이할 수 있을 것 같았다. 사백이면 이자는 물론이고 본전마저 어느 정도 갚을 수 있는 돈이었던 것이다.

안소니의 집. 거실에서 거대한 LCD TV와 연결된 2인용 게임기를 켠 채 안소니와 아버지가 열심히 게임을 하고 있었다. 둘 사이에 어색함은 많이 사라져 있었고, 게임에 빠져든 둘은 시간이 지날수록 신이 나고 있었다.

8. 외눈박이 사랑

8. 외눈박이 사랑

납치

"야, 문 열어!"

독사가 윤희의 집 대문을 손으로 쾅쾅 내려쳤다. 그의 뒤에
는 세 장정이 서 있었고, 정구의 모습은 보이지 않았다.

"문 부서져요."

앙칼진 소리와 함께 윤희가 밖으로 나왔다.

"어라."

오히려 독사가 당황하였다. 설마 이렇게 빨리 나타나리란 생
각은 하지 못한 것이다. 무엇보다 당황한 것은 그녀의 당당함

이었다. 대체 뭘 믿고? 그녀가 돈을 만들 방법도 없었고, 자신들이 감시를 한 결과로 보면 어떤 특별한 아르바이트를 한 것도 아니었다. 그런데 이 당당한 모습은 무엇인가? 독사의 입가에 흡족한 미소가 감돌았다.

'그렇군. 어차피 돈 구하기는 불가능하니까 아예 작정을 했구나. 그래 생각 잘했다.'

의외로 쉽게 일이 성사될 것 같자, 기분이 좋아진 독사였다. 정구 대신 자신이 오길 잘했다는 생각이 들었다.

독사는 윤희의 아래위를 훑어보며 말했다.

"그래, 이젠 각오를 했냐? 그럼 함께 가자."

"가긴 어딜 가요. 여기 돈 있으니까 어서 영수증이나 주세요."

독사는 당황한 표정으로 윤희가 내민 돈을 바라보았다. 정말 예측하지 못한 상황이었다.

무려 사백만 원.

대체 어디서 구한 돈이란 말인가?

독사는 윤희에게서 돈을 받아 살펴보았다. 분명히 사백만 원짜리 수표였다. 잠시 생각을 하던 독사는 수표를 품 안에 넣고 말했다.

"그래, 좋군. 그럼 나머지 돈은 어디에 있냐? 본전 오백에 이자 이백이니까? 모두 칠백이 있어야 하는데, 나머지 삼백만 원도 어여 주라."

윤희는 기가 막히다는 표정으로 독사를 보며 말했다.

"우선 이자만 오늘까지 갚기로 했잖아요."

"이런, 쌍. 누가 그래? 난 분명히 오늘 본전까지 다 준다고 들었다. 그러니까 빨리 삼백만 원 더 가져와."

윤희는 이를 악물고 말했다.

"그 정도면 봐줄 수 있잖아요.

"안 돼. 애들아."

독사의 명령이 떨어지자, 그의 수하들이 윤희에게 달려들어 양손을 거머쥐고 끌기 시작했다.

"이거 놔요! 뭐 하는 거예요! 놓으란 말이에요."

"이 쌍년이, 조용히 안 해! 약속은 약속이니께 순순히 따라오란 말이다."

독사가 짧고 날카롭게 고함을 치며 손수건으로 윤희의 입을 틀어막았다.

집 안에서 지켜보던 윤석이 놀라서 뛰어나오며 소리를 질렀다.

"누나, 누나."

그러나 정신이 혼미해진 윤희는 대답을 할 수가 없었다. 독사와 그의 수하들은 얼른 윤희를 업고 사라졌다.

"누나……."

윤석이 울면서 끝까지 쫓아갔다.

줄 수만 있는 사랑

이런저런 생각을 하며 걷다 보니 어느새 윤희네 동네까지 온 안소니는 멈칫하였다.

'제길, 내가 또 여기까지 왔네. 휴…….'

안소니는 자신의 모습이 한심했다. 어쩌다가 이렇게 되었는 지 이해를 할 수가 없었다. 돌아갈까 하다 겨우 용기를 내어 다시 돌아선 안소니는 근처 가게에서 여러 가지 먹을 것들을 샀다.

'그래, 나는 그저 병문안을 가는 것뿐이야. 뭐, 같은 반 친구 어머니가 아프신데 병문안 정도는 갈 수 있잖아.'

좋게 좋게 생각한 안소니는 이것저것 사다 보니 한 짐이나 되는 물건을 사게 되었다.

'뭐, 이 정도면……. 흐흐.'

윤희가 좋아하는 모습을 상상해 보았다. 자신이 사 간 음식을 윤희와 윤석이 맛있게 먹는 모습만 생각해도 즐거웠다. 콧노래를 부르며 윤희의 집을 향해 가던 안소니는 제자리에 우뚝 멈추어 섰다. 맞은편에서 다가오던 외눈박이도 그 자리에 멈추었다.

안소니는 들고 있던 자신의 짐과 외눈박이가 들고 있는 소박한 봉지를 비교해 보고 의기양양한 표정으로 말했다.

"여어, 외눈박이, 어디 가냐?"

외눈박이는 담담한 표정으로 웃으면서 말했다.

"친구네 집에 가는 중이야. 넌?"

"나? 나도 마찬가지지."

말을 하면서 안소니는 자신의 우람한 짐 보따리를 앞으로 내밀었다.

'흐흐. 기죽지? 짜식, 그래도 사려면 이 정도는 사야지.'

이상한 곳에서 기분이 좋아지는 안소니였다. 그러나 외눈박이가 친구라고 한 말에 몹시 기분이 상하는 것은 어쩔 수 없었다.

"그럼, 난 간다."

갑자기 무뚝뚝해진 안소니가 냉랭하게 돌아서서 걸어가자, 외눈박이는 머쓱해졌다.

"잠깐, 윤희네 집 가는 거지? 나랑 같이 가자."

외눈박이의 말에 안소니는 울컥하고 기분이 상했나. 다른 사람이 윤희의 이름을 다정하게 부른다는 자체가 기분을 상하게 한 것이다.

"왜 내가 너랑 같이 가야 하는데?"

"우린 같은 곳으로 가고 있잖아."

"귀찮으니까 네 마음대로 해."

안소니가 다시 홱 돌아서자, 외눈박이가 옆으로 다가서며 말했다.

"너, 윤희 좋아하지?"

"뭐, 뭐라고!!"

안소니는 당황해서 외눈박이를 바라보았다. 설마 이렇게 대놓고 물어보다니.

'가만 내가 정말 윤희를 좋아하는 것일까? 내 감정이 뭐지?

생각해 보니 아직 자신의 감정에 대해 정리를 한 적이 없었다.

"그, 그게……."

떨떠름한 표정으로 대답을 머뭇거리는 안소니를 보고 외눈박이가 웃으면서 말했다.

"사랑하는구나."

"뭐, 뭐, 사랑……. 으윽."

안소니는 온몸에 두드러기가 나는 것만 같았다. 그러나 이상하게 반박을 할 수 없었다.

외눈박이는 조금 슬픈 표정으로 말했다.

"나도 윤희를 좋아해."

“뭐, 뭐야? 내가 너보다 더 좋아한다고!”

안소니는 자기도 모르게 고함을 치고 말았다.

외눈박이는 고개를 끄덕이며 말했다.

“그건 모르겠고, 나는 외눈의 사랑이야. 사랑을 줄 수는 있어도 마주 할 수 없는 사랑이지. 두 눈을 가진 사람은 주고받을 수 있지만, 나는 주는 것만 할 수 있어. 처음 줄 때부터 받을 것을 생각하지 않기 때문에 상대의 감정을 잘 읽을 수 있거든. 그래서 알아, 윤희가 너를 아주 많이 좋아하고 있다는 것을.”

“그, 그게…….”

안소니는 외눈박이의 말에 당황했다. 그러나 윤희가 자신을 좋아한다는 말에, 뭐라 표현할 수 없을 만큼 기분이 미묘했다.

“나는 주는 사랑으로 족해. 외사랑이지. 그래서 네가 윤희와 잘되길 바라. 너도 윤희도 서로 좋아한다는 것을 알기 때문에. 하지만 너희 둘은 서로 감정을 이해하고 표현하는 방법이 서툴러서, 자칫하면 어긋날 수 있기에 말해 주는 것이야.”

“그, 그런 거야?”

안소니는 외눈박이의 말을 들으면서 차츰 자신의 감정을 정리할 수 있었다.

“넌 남자잖아. 그럼 남자답게 윤희의 모든 것을 이해하고 감싸줄 수 있어야 해. 가끔 두 눈을 가진 사람들은 한 눈으로는 사랑을 하고, 한 눈으로는 여러 가지를 따지지. 가난과 건강 그리고 다른 여자와 비교하는 것까지, 다양하게 모든 것을 따지는 것 같아. 그러나 그것은 진실하지 못해. 네가 두 눈을 가지고 외눈처럼 사랑할 수 있는 남자였으면 해. 왜냐하면 네가 사랑하고 너를 사랑하는 여자가 내가 사랑하는 여자이기 때문이야.”

외눈박이가 웃는다. 그러나 안소니는 웃을 수 없었다. 그는 묵묵히 외눈박이를 바라보았다.

차츰 자신의 두 눈이 하나로 합쳐지면서 한 개의 눈으로 모아지는 것 같았다. 그 끝에 윤희가 환하게 웃고 서 있었다.

안소니는 대답 대신 고개를 끄덕였다.

그때 저쪽에서 울부짖는 듯한 소리가 들려왔다.

“누나! 누나!”

안소니는 그것이 윤석의 목소리임을 알았다.

“석아!”

안소니는 마주 고함을 지르며 윤석의 목소리가 난 곳으로 뛰어갔다. 그 뒤를 외눈박이가 쫓아갔다.

길모퉁이를 돌자 세 갈래 길이 나왔고, 그 앞쪽에 윤석이가 바닥에 앉아 울고 있었다.

“윤석아.”

안소니의 부름에 윤석이 눈을 뜨고 얼른 달려오며 말했다.

"형, 누나가 잡혀갔어. 이상한 아저씨들한테 잡혀갔어."

안소니의 품에 가득했던 짐이 바닥에 떨어졌다.

"그게 무슨……?"

"아이고, 윤희야……. 우리 불쌍한 윤희, 이것아……."

윤희 엄마가 울면서 뛰어내려 오는 모습이 보였다. 안소니가 얼른 가서 그녀를 부축하였고, 자초지종을 들었다. 대충 상황을 파악한 안소니의 표정이 딱딱하게 굳어졌다.

"윤석아."

"예, 형."

"너는 남자지?"

윤석이 고개를 끄덕였다.

"이곳에서 엄마를 지키고 있어라! 누나는 내가 반드시 구해 오겠다."

윤석이 고개를 끄덕였다.

안소니는 벌떡 자리에서 일어서서 달리기 시작했다.

'윤희야, 기다려. 내가 구해줄게. 이 개사식들, 윤희의 손가락 끝이라도 건드려 봐라. 전부 죽어 버리겠다.'

안소니는 지금처럼 마음이 초조한 적은 없었다. 건달들이 있는 곳은 윤희 엄마에게 들어 대충 알고 있었다. 그 뒤를 외눈박이가 쫓아오며 휴대폰으로 어딘가에 전화를 하고 있었다. 외눈박이는 달리면서 이를 악물었다.

'동생 때문에, 너무 많은 친구들을 다치게 해서 나는 나도 모르게 다시는 힘을 쓰지 않겠다고 맹세를 했었다. 그 이후 나는 힘을 쓰는 방법을 잊어버렸다. 내 눈과 함께 내 힘도 동생에게 간 것이라 믿고 있었다. 제발 이번만은 그 생각이 틀리길 바란다. 제발.'

주피터

'꽝' 하는 소리와 함께 문짝이 부서져 나갔다. 안에서 고스톱을 치거나 TV를 보던 건달들은 놀라서 소리가 난 곳을 바라보았다. 그리고 모두 어이없다는 표정을 짓고 말았다. 문짝을 부수고 안으로 뛰어들어 온 것은 아직 젖비린내도 가시지 않은 고딩이었던 것이다. 그것도 교복까지 입은.

그들 중 두목인 광석이 앞으로 나서며 말했다.

"뭐, 이런 고삐리가 다 있노. 너 누구고?"

안소니는 웃었다.

"네가 두목?"

"허."

광석은 어이없다는 표정으로 안소니를 보았다. 호주 유학 시절. 솔저라는 청소년 코리아 갱의 제일행동대장이 바로 안소니였다는 것을 알았다면 광석은 그렇게 웃지 못했을 것이다. 안소니가 행동대장으로 있던 시절, 시드니의 패권은 솔저가 완벽하게 휘어잡고 있었던 것이다.

"묻자. 오늘 잡아온 윤희라는 여학생이 어디에 있냐?"

"윤희? 아, 독사가 잡아온 그 어린애. 근데 이 조삐리야. 그걸 내가 왜 가르쳐 줘야 하는데?"

안소니 표정이 차갑게 굳어졌다. 그리고 그 순간 그의 손에 들린 야구 배트가 무섭게 회전을 하며 광석의 머리를 강타하였다.

'퍽' 하는 소리와 함께 광석의 머리가 돌아갔다.

광석이 생각했던 것 이상으로 빠르고 강한 힘이었다.

"저 새끼 죽여."

고함과 함께 건달들이 안소니에게 달려들려고 하였다. 그러나 그 순간 문밖에서 다시 한 명이 뛰어들면서 무엇인가를 확 뿌렸다. 뛰어든 사람은 외눈박이였고, 그가 뿌린 것은 석유였다.

"조용."

그리고 기다렸다는 듯이 안소니가 손에서 라이터를 꺼내 켰다. 모두 조용해졌다. 외눈박이는 다시 석유통 하나를 집어 던졌고, 사방은 기름 냄새로 가득했다.

머리가 터져 피가 나는 광석은 겨우 일어나서 안소니를 바라보았다. 안소니는 침착하게 품 안에서 둘둘 만 종이를 꺼내 라이터로 불을 붙이고 있었다.

차갑고 냉정한 눈.

침착한 행동.

이제야 안소니의 진면목이 보인다.

프로는 프로를 알아보는 법.

'이, 이놈은 진짜다.'

안소니는 냉정한 표정으로 광석을 쏘아보며 말했다.

"바닥엔 기름이고 내 손엔 불이 있다."

광석은 마른침을 삼켰다.

"윤희가 있는 곳을 대지 않으면 네놈들은 모두 죽을지도 모른다."

광석의 수하들 중에 한 명이 코웃음을 치며 말했다.

"미친 새끼, 사람 죽이는 것이 쉬운 줄 아냐? 한번 해봐라."

안소니의 입가에 비릿한 웃음이 떠올랐다.

"인간은 그리 쉽게 죽지 않아, 멍청한 새끼야. 내가 불을 붙이면 죽어라 밖으로 뛰어나가면 살 수 있을 거다. 밖에는 큰 물통도 있고, 바로 옆 화장실에는 물도 틀어놓았다. 물론 물이 빠지는 곳은 막아놓았지."

　코웃음 치며 말을 했던 사람이 어리둥절한 표정으로 안소니를 바라보았다.

　"단, 네놈들은 불이 붙은 채로 거기까지 가서 뒹굴어야 하고, 전부 화상을 입은 병신들이 될 것이다. 그뿐이다."

　광석과 그의 부하들 안색이 일변하였다.

　죽지 않는다. 그렇지만 불꽃은 피할 수 없다.

　다 죽이겠다는 말보다 더 무서웠다.

　"넌 누구냐?"

　안소니의 입가에 냉소가 어렸다.

　"호주에는 솔저라는 코리안 갱스터가 하나 있지. 거기서 난 주피터라 불렸다."

　광석의 안색이 더욱 굳어졌다. 들은 적이 있다. 큰 죄를 짓고 호주로 도망갔던 형제들을 통해서 호주의 청소년 갱인 솔저에 대해 아주 자세히 들었었다. 그리고 그 조직의 상징이라고 할 수 있는 주피터에 대해서도. 그가 얼마나 독하고 무서운지에 대해서도. 그리고 그들에게 들은 주피터에 대한 인상과 지금 눈앞의 어린 고딩이 인상착의는 일치했다.

　일치고 뭐고, 지금 주피터가 보여주는 여유는 아무나 할 수 있는 카리스마가 아니었다.

"난 급해. 셋까지 세겠다. 그때까지 말 안 하면 내 마음대로
한다. 하나."

광석의 얼굴에 절망이 어렸다. 그의 수하들도 역시 안색이
창백하게 굳어져 있었다.

광석은 주피터를 바라보았다.

바로 문 앞.

불을 던지고 뒤로 물러서면 밖에 있는 외눈박이가 문을 닫아
버릴 것이다. 그러면 그 다음은…….

광석은 눈을 감고 말았다.

"마음대로 해라. 하지만 나는 말할 수 없다."

안소니의 입가에 냉혹한 미소가 떠오를 때였다.

"내가 가르쳐 주마."

갑작스런 소리에 안소니가 놀라서 고개를 돌렸다. 그곳에는
정구가 서 있었다. 정구가 나타나자, 광석을 비롯해서 건달들
은 일제히 허리를 숙였다.

"형님, 오셨습니까?"

"모두 편히 쉬어라."

광석을 비롯한 건달들은 안소니의 눈치를 보면서 안도의 숨
을 쉬었다.

"내가 그곳을 알려주겠네."

정구가 다시 한 번 반복해서 말해 긴장했던 안소니는 긴가민가 하는 표정으로 정구를 보았고, 광석은 조금 놀란 표정으로 말했다.

"형님."

"됐다. 무슨 말을 하려고 하는지 안다. 하지만 우리는 건달이지 양아치는 아니다. 제아무리 막 사는 인생이지만, 해야 할 일과 해서는 안 될 일은 구분해야 한다."

단호한 정구의 말에 광석과 건달들은 고개를 숙였다. 안소니는 광석과 건달들의 모습을 보고, 지금 나타난 덩치의 건달이 이들에게 얼마나 존경을 받고 있는지 알 수 있었다. 적어도 저 정도 인정을 받고 있는 남자라면 믿을 수 있을 것이다.

너를 좋아해

집에 들른 안소니는 자신의 애마 할리데이비슨을 타고 전속력으로 딜렀다. 외눈박이가 함께 가겠다고 하는 깃을 떨궈놓고 왔다.

'기다려. 내가 간다. 제발 살아만 있어다오. 그러면 네가 무

슨 짓을 당했어도 나는 다 받아줄 수 있어. 그 상처를 평생 동
안 치료해 줄게.'

　안소니는 이제야 자신이 얼마나 윤희를 좋아하고 있는지 알
수 있었다. 그래서 더욱 가슴이 아팠다. 철없이 아르마니 정장
을 입고 로렉스 시계로 뻐기던 것을 생각하면 더욱 그랬다.

　'그것들 중 하나만 팔면 충분하고도 남을 돈이 나오는데. 제
기랄, 제기랄.'

　안소니는 철없던 자신에게 너무 화가 났다.

　당수는 그야말로 흡족한 표정이었다.

　보고 또 봐도 마음에 들었다.

　"험험. 너무 겁먹지 말그라. 그저 내가 시키는 대로만 하면
니는 앞으로 돈 걱정 안 해도 된다."

　"저를 보내주세요. 돈을 주었잖아요."

　"어허, 이 아이가 아직도 정신을 못 차렸네. 돈이 모자라잖
어. 그리고 넌, 이미 내 것이란 말이다. 그러니 쓸데없는 생각
은 그만 포기해라, 응?"

　윤희는 기가 막혔다. 그렇게 잘 피해왔는데, 결국 종착점이
이곳이란 말인가? 믿을 수 없었다.

　생각 같아선 영영 울고 싶었다.

자꾸 안소니가 생각났다.

당수가 음흉한 얼굴로 윤희에게 다가왔다. 윤희는 겁에 질린 얼굴로 당수를 바라보았다.

윤희와 당수가 있는 지하실 방 위는 넓은 사무실이고, 그 안에는 행석과 독사 일행이 지키고 있었다. 그들은 묘한 웃음을 머금고 지하실로 통하는 문을 흘깃거렸다. 밖에서 대포가 터져도 지하실에선 들을 수 없을 것이다.

독사가 행석에게 다가서며 말했다.

"큰형님이 크게 만족하시는 것 같습니다."

행석의 입가에 웃음기가 떠올랐다.

"니 덕이다."

"저야, 항상 형님을……."

'와장창' 하는 소리에 두 사람은 대화를 멈추었다. 그 순간 거대한 오토바이가 사무실 문을 부수고 안으로 덮쳐들었고, 뒤이어 한 남자가 뛰어내리더니 야구 배트를 휘두르기 시작했다.

"저놈을 잡아라!"

행석의 고함과 함께 건달들이 안소니에게 달려들었다. 그러나 안소니의 동작은 빠르고 날카로웠다. 이리저리 뛰어다니면서 휘두르는 야구 배트에 다섯이나 되는 건달이 순식간에 피투성이로 쓰러졌다.

행석이나 독사는 아연실색해서 안소니를 바라보았다.

대체 갑자기 이게 무슨 일이란 말인가?

"대, 대체 저놈은 누구냐?"

행석의 물음에 독사가 고개를 흔들었다.

"저, 저도 모르겠습니다."

행석은 화가 나서 벌떡 일어서며 말했다.

"뭐 해! 한꺼번에 덤벼라. 저 새끼 죽여 버려."

고함 소리에 행석의 수하들이 한꺼번에 우르르 달려들었지만, 안소니의 동작은 날렵하고 믿을 수 없을 만큼 빨랐다.

그러나 상대는 너무 많았다. 안소니가 조금씩 지쳐 갈 때였다. 갑자기 요란한 오토바이 소리가 사방에서 들리더니 약 백여 명이나 되는 소녀들이 목검을 들고 뛰어들었다. 그들의 앞엔 소녀검대의 짱인 옥선이 당당하게 서 있었다.

행석이 기가 막히다는 표정으로 독사를 보며 물었다.

"저 계집들은 대체 뭐냐?"

"저, 저도 잘 모르겠습니다."

당연히 모를 것이다.

옥선은 사방을 한 번 둘러보고 말했다.

"감히 하늘 같은 여자를 납치해? 이 새끼들이 지들을 낳아준

게 여자란 것을 아는 거야, 모르는 거야. 가서 아주 작살을 내 버려라.”

옥선의 앙칼진 고함에 30명의 여자가 앞으로 나왔다. 모두 멍청하게 그녀들을 보고 있을 때, 그녀들은 품 안에서 풍선처럼 생긴 것들을 꺼내 건달들을 향해 던졌다.

‘펑, 펑’ 하는 소리가 들리면서 풍선 같은 것들이 건달들 틈에서 터졌다. 그리고 그 순간 건달들이 콜록거리며 뒹굴었다. 터진 풍선 안에는 고춧가루와 몇 가지 화학 약품이 적당하게 섞여 있었던 것이다.

건달들이 콜록거리는 것을 보면서 옥선이 손짓을 하였다. 그러자 기다리기라도 한 듯 소녀검대의 여학생들이 일제히 목검을 뽑아 들고 건달들에게 달려들었다. 그들의 앞에는 무쓸모의 육호(여섯 마리의 여우)가 앞장을 서고 있었다.

‘이야압’ 하는 소리와 함께 한 소녀가 찌르기 자세로 콜록거리는 건달의 콧구멍을 쑤셔 버렸다. ‘컥’ 하면서 건달이 주저 앉는 순간 십여 명의 소녀가 달려들어 집중 난타하였다.

“이런, 썅.”

눈물을 흘리면서도 화가 나서 나서려던 행식은 자신의 앞을 가로막은 소년을 보고 기가 막혔다. 수하들을 불러 모을 새도 없이 당했다지만, 겨우 여자들과 고삐리 같은 어린애에게 이렇게 당할 줄이야.

낯이 익어 자세히 보니 처음 할리데이비슨을 타고 사무실 문짝을 부수고 들어온 놈이었다. 그렇게 대활약을 펼친 남자가 이제 보니 겨우 고삐리 아닌가?

안소니가 씨익 웃으면서 행석에게 다가섰다. 행석도 침을 뱉으면서 안소니에게 다가섰다.

"나 행석이다. 닌 누꼬?"

"주피터."

"뭐라꼬?"

"모르면 말고."

노닥거릴 시간이 없었다. 안소니가 행석에게 달려들었다.

상황을 보고 어렵다 싶자, 독사는 천천히 뒤로 물러섰다. 혼자라도 도망가기로 결심을 굳힌 것이다. 천천히 눈치를 보며 물러서는 독사의 어깨를 누군가가 툭툭 쳤다. 독사가 놀라서 돌아보니 그곳에는 옥선이 버티고 있었다. 독사가 놀라서 눈을 크게 뜨는 순간 옥선의 무릎이 그대로 독사의 남성을 올려쳤다.

"커억."

뒤에서 보던 육호 중 한 명이 불쌍하다는 표정으로 독사를 보며 말했다.

“터졌군. 애들아, 이놈이 그래도 한 자리 하던 것 같던데 처리해라.”

여학생들이 우르르 달려들어 독사를 목검으로 내려치기 시작했다. 그녀들 틈 사이로 육호들의 고함 소리가 들렸다.

“채소를 자르듯이 치란 말이야, 이년아. 그리고 너! 넌 덩치가 있잖아. 도끼질하듯이 치란 말이야, 이년아.”

“네, 언니.”

키 180에 몸무게 90 정도의 소녀는 지적을 받자 깎듯이 예를 취하고 가르쳐 준 대로 다른 애들 세 배나 되는 목검을 들고 도끼질하듯이 내려쳤다. ‘퍽’ 소리와 함께 목검은 정확하게 독사의 콧등에 떨어졌다. 독사의 눈이 뒤집어졌다.

5분. 정리가 끝난 여학생들이 죽 둘러서서 지켜보는 가운데 안소니와 행석은 무려 5분 동안이나 치고받고 싸우는 중인데, 행석은 갈수록 기가 질리고 있었다.

독하다, 독하다 이렇게 독한 놈은 난생처음이었다. 파워에서는 분명 자신이 앞서는데, 독하고 빠르기라면 도저히 자신이 따를 수 없었다. 그리고 싸워도 싸워도 지치지 않는 안소니의 스태미나에 보는 옥선이나 소녀검대의 여학생들조차 완전히 반한 표정이었다.

안소니가 눈에 살기를 띠고 말했다.

"개자식, 이제 끝내주마."

행석의 얼굴에 처음으로 두려움이 떠올랐다.

싸움을 지켜보던 옥선은 고개를 흔들었다.

'끝났군. 정말 대단하다. 오빠는 강적을 두었구나.'

아무리 어르고 달래도 윤희는 요지부동이었다. 지칠 대로 지친 당수는 화가 나고 말았다.

'이런, 씨발, 내가 언제부터 신사였다고.'

마음을 굳힌 당수는 사나운 표정으로 윤희에게 다가갔다. 윤희는 본능적으로 위협을 느끼고 당수를 노려보았다.

"이 옛 같은 년이 감히 나를 거절해? 씨발, 좋다. 나도 이제 이판에 사판을 합해서 개판이다. 네년을 내 노리개로 쓰다 섬에 팔아버릴 테니, 어디 반항 한번 제대로 해봐라, 응?"

당수가 천천히 다가오자 윤희는 이를 악물었다. 혀라도 물 각오로 당수를 노려보았다. 당수는 그 기세에 순간 움찔하였다.

"에이, 썅."

고함과 함께 당수가 윤희에게 덮치려고 할 때였다. '꽝' 하는 소리가 들리면서 자하실의 문짝이 떨어져 나갔다. 놀란 당수가 계단 위를 보는 순간 안소니를 비롯해서 옥선과 육호 그리고 거구의 소녀 등이 지하실로 천천히 내려왔다.

혀를 물려던 윤희는 안소니를 보자 눈물을 주르륵 흘리고 말았다. 그리고 살았다는 안도감에 정신이 혼미해졌다.

"너, 너희들은 누, 누구……."

당수는 당황해서 허둥거렸다.

옥선이 앞으로 나서며 자신의 가슴을 쑥 내밀고 말했다.

"어이, 나도 한번 강간해 보시지?"

"누, 누구냐?"

안소니가 앞으로 나서며 말했다.

"난 네가 납치한 여자를 좋아하는 남자다, 이 개자식아."

고함과 함께 화가 극도로 치민 안소니가 당수에게 달려들었고, 뒤이어 옥선과 육호가 한꺼번에 달려들었다. 당황한 당수가 그들 틈을 비집고 밖으로 뛰쳐나가려던 순간 '탕' 하는 소리가 들리면서 거구의 소녀가 당수의 얼굴에 가스총을 쏘았다.

당수가 휘청거리는 순간 안소니와 옥선을 비롯한 육호가 달려들며 당수를 깔아뭉갰다. 사정없는 구타에 당수는 거품을 물고 기절해 버렸다. 안소니는 발로 당수의 얼굴을 다시 한 번 밟아 버리고 윤희에게 급히 다가갔다.

"괜찮아?"

덜덜 떨고 있던 윤희가 '으앙' 하는 소리와 함께 울면서 안소니의 품에 안겨들었다. 안소니는 윤희를 쓸어안으며 토닥거렸다.

"괜찮아. 이제 괜찮아."

안소니는 다시는 윤희를 놓치지 않겠다는 듯 꼭 끌어안았다.

남자를 외롭게 하지 마라

병국은 거리를 가다가 멈추었다. 아들 안소니와 함께 다정하게 걷고 있는 소녀를 보았던 것이다. 둘은 정말 잘 어울려 보였다. 처음 볼 때와는 달리 윤희의 얼굴에는 그늘이 없었고, 등에 혹처럼 붙어 있던 가난도 사라지고 보이지 않았다. 그제야 병국은 근래 아들이 달라지게 된 연유를 알 수 있었다.

'저놈이 가진 오토바이부터 시계까지 전부 안 보인 게 이런 이유 때문이었구나.'

병국은 고개를 끄덕였다.

'너라면 절대로 남자를 외롭게 하지 않을 것이라 믿는다.'

병국의 입가에 엷은 미소가 걸렸다.

옥선은 외눈박이를 바라보았다.

"오빠는 괜찮겠어?"

"뭘? 나는 괜찮아. 걱정하지 마."

"그렇지만 많이 좋아했던 것 같은데."

외눈박이는 씨익 웃었다.

"나는 한 눈으로 하는 사랑이야. 그래서 한 번 정한 사랑은 변하지 않아. 그녀가 누구를 사랑하더라도. 그리고 나는 그냥 사랑을 하는 것만으로 충분히 행복해."

옥선은 다시 한 번 오빠를 바라보았다. 정말 행복해하는 모습이다.

"좋잖아. 내가 사랑하는 여자가 행복해하는데 싫을 이유가 없잖아."

옥선은 고개를 끄덕였다.

'오빠에게만 가능한 말이야. 바보, 눈에 물기나 보이지 말 것이지.'

두 눈을 가진 옥선은 외눈박이 승제의 사랑을 이해할 수 없었다.

외눈박이 사랑

한 눈으로 사랑을 하면
받을 것을 생각하지 않습니다.
주어도, 주어도, 끝없이 주어도,
돌려받을 것이 없어 기대하지 않아도 됩니다.

그렇게 주다
그렇게 끝나는 사랑이라도
언제나 행복할 수 있습니다.

한 눈으로 사랑을 하면
한 여자만 볼 수 있습니다.
아무리 많은 여자가 있어도
나는 외기러기처럼 한 여자만 볼 수 있습니다.

그녀가 나를 사랑하지 않아도
나는 충분히 행복할 수 있습니다.
외눈이기에
두 눈처럼 비교할 수 없지만,
바라지 않는 사랑으로
영원히 그녀만 바라볼 수 있어서
나는 이렇게 행복합니다.